苔莉

TAILI

掙扎於愛慾與虛榮間

為了聲譽及處女情結而不願給承諾，
卻又貪戀苔莉肉體的克歐；
無聲無息做了三姨太，
只有在克歐懷裡才能感受到愛情的苔莉……

在感情、慾望、性愛之中
沉淪掙扎的兩人，能否終成善果？

目錄

一……001
二……005
三……009
四……013
五……017
六……021
七……025
八……029
九……033
十……037
十一……043
十二……047
十三……053
十四……057
十五……063
十六……067
十七……071
十八……077
十九……081
二十……087

二十一……091
二十二……095
二十三……103
二十四……107
二十五……111
二十六……115
二十七……119
二十八……125
二十九……129
三十……133
三十一……137
三十二……141
三十三……145
三十四……149
三十五……153
三十六……159
三十七……165
三十八……171
三十九……177
四十……183
四十一……187
四十二……191

四十三……195
四十四……199

一

克歐今天回到T市來了，由南洋回到一別半年餘的T市來了。他是T市商科大學的學生，今年三月把二年級的試驗通過了後，就跟了主任教授K到南洋群島一帶去為學術旅行。他和他的同級生跟著K教授在南洋各島流轉了幾個月，回到T市來時又是上課的時期了。

他在爪哇埠準備動身的前兩天，預先寫了一封信來報告苔莉。他的信是這樣寫的：

……終年都是夏，一雨便成秋的南洋諸島的氣候是很適合我們南國人的健康。南洋的熱帶植物的景色也很有使人留戀的美點。但我對這些都無心領略與賞玩，我只望我能早日把我們的學術旅行事項結束，趕快回T市去和我的苔莉——恐怕太僭越了些，不知道你會惱我麼——相見。

我所希望的一天終要到來了。K教授說，我們出來半年多了，菲律賓島的參觀俟畢業後舉行。我們後天即乘荷蘭輪船向新加坡直航。到了新加坡大概要停留三兩天，然後再乘船向香港回航。我們不久——大概三個星期後就得會面吧。

此次旅行得了相當的收穫。除學校的實習報告外，我還寫了點長篇的東西。一篇是《熱帶紀遊》，一篇是《飄零》。這兩篇就是我送給我的苔莉的紀念品——此次南行的紀念品。

我們的交情是很純潔的，我們純是藝術的結合。你也曾說過，我們只要問良心問得過去，他們的批評我們可以不問的。不過我想，這封信你還是不給表兄看見的好。因為他對我們的藝術的研究太無理解了，恐怕由這封信又要惹起是非來，我倒沒有什麼，可是累你太受苦了。

你寄蘇門答臘德里城M先生轉來的信，我收到了。你說下期再不能分擔社務的一部分了，這是叫我很失望的。因為你的家庭幸福計，我們也不好勉強再叫你擔任。不過你有暇時，還望你常常投稿。

我在各地寄給你的風景畫片諒已收到吧。你讀這封信時我怕在新加坡與香港間的海上了。

克歐於爪哇，九月三日。

克歐到了海口的T市就打了一個電報給她，他希望她能夠到T市車站的月臺上來迎他。

克歐坐在由S港開往T市的火車裡。車外的景色雖佳，但也無心賞玩。他心裡念念不忘的還是T市東公園附近的景色，尤其是夏天的晚景。他很喜歡那兒，去年的夏期中東公園中沒有一晚沒有他們倆的足跡。

火車由S港趕到T市車站時，灼熱的太陽光線之力也漸漸地鈍弱了。他跟著K教授和一班同學從火車廂裡跳出月臺上來。「我的電報——在S港打給她的電報——她該收到了吧。怎麼不見她來呢？」克歐還沒有下車前，站在車廂門首就不住地向月臺上東張西望。他望了一會很失望地跳了下來。

月臺上雖擁擠著不少的人，但他終沒有發見有個像她的面影的人。

——也好，她還是不來的好。她真的來了時，他們又要當作一件新聞去瞎評了。她的信裡不是說，我一到T市就要趕快去看她麼。那麼她是不來了的，克歐雖然這樣辯解似的在安慰自己，但他總感著點輕微的失望。

他的同學們，有的已回家去，有的跟K教授回校去了。克歐在T市是無家可歸

一

的，但他也不忙著回學校去。他就在車站附近的旅館名叫T江酒店的三樓上開了一間靠著江岸的房子。

二

吃過了晚飯，克歐就想到苔莉家裡去，但他想了一想。晚間去看她是不很方便，因為那時候她的丈夫是在家的。

克歐再深想一回，覺得自己未免有點矛盾。自己不是很有自信，對苔莉的心是很潔白的麼，何以又怕見她的丈夫呢？每念及她時，何以心臟又不住地在躍動呢？

——還是明天去看她吧。九點多鐘，她的丈夫是到公司裡去了的。克歐這麼想了後，又覺得自己太卑怯了，他暗暗地感覺一種羞恥。

季節雖到了秋初，但位置在亞熱帶上的T市的氣候還是很鬱熱的。他坐在旅館的房子裡不住地從茶壺裡倒茶出來喝，喝了一杯又一杯，一面喝一面呆想。

他到後來才覺得肚皮有點膨脹了，他就向一張藤床上倒下去。樓外江面的天色由薄灰轉成漆黑了。由天花板正中吊下來的一個電燈忽然的向四圍輻射出無數的銀白色的光線。

二

下到二樓去的扶梯上像不住地有人在上下。樓下和隔壁旅館不時有麻雀的轟響吹送過來。三樓上比較的寂靜，但相鄰的幾間客室裡不時有低音的私語，或高音的哄笑。此外還聽得見的是不知由哪家酒樓吹送過來的女性的歌聲和胡弦的哀音。半個月間在旅途中精神和體力都疲倦極了的克歐早就想睡的，現在他的視官和聽官又受了不少的刺激，再難睡下去了。

——看她去吧，還早呢。表兄在家時怎麼樣呢？不，該去會她的。就和他們夫妻倆談談吧。不，我總不情願見他，乘丈夫的不在常去訪他的妻的我未免太卑劣了吧。……可惜了。今天的火車遲了兩個鐘頭！早兩個時辰趕到來時，還趕得及去看她的。克歐痴望著在熱烈地輻射的電燈和繞著燈光飛動著的一群飛蛾。

外面敲門的音響把他由痴夢中驚醒過來。他站了起來，開了房門。

「你是不是謝克歐先生？」茶房很率直地問他。

「是的。有什麼事？」克歐的反問。

「東公園N街白公館有電話來，要你去接。」

他聽見東公園三個字，心房就激烈地顫動起來。

——他聽見我回來了，現在打電話來叫我去的。克歐跟著茶房走下二樓到電話室裡來。他一面走一面在唇上浮出一種愉快的微笑。

克歐站在電話機的送話機前，隻手拿著受話機。

「你是哪一個？……你是阿蘭？……病了？什麼病？！腸加答兒？好了些麼？……是的，是的！我一早就來。」

克歐才把受話機放下來，忽想到忘記問阿蘭，苔莉病了多久了。他忙翻轉身再接電話機，叫了幾聲，那邊早沒有人回答了。

三

這晚上，克歐在T江酒店的三樓上整晚沒有睡著。他翻來覆去都是思念她的事，思念她的病，思念他認識她的經過。

白國淳的母親和謝克歐的父親算是同祖父母的嫡堂兄妹。他們的原籍是離T市六百多里的N縣。白國淳的父親在T市有生意，國淳是在T市生長的，與其說是N縣人，寧可說是T市人。

國淳的父親雖在T市做生意，但他的愛鄉心卻很強。他在T市賺來的錢十中七八都寄回N縣去買田和建築房屋。國淳在T市的法政專門學校第二年級的那年秋，他的父親一病死了，這時候克歐才從鄉間出來，在一間高級中學校裡補習。克歐認識苔莉也是在這時候。

國淳的父親死後，國淳就廢了學。他對他父親遺下來的生意完全摸不到頭緒。只半年間就給夥計們吃蝕完了，生意就倒閉了。國淳所得的遺產只有銀行裡存的

三

六七千塊錢。

國淳替他的父親治喪時。克歐因親戚的關係，跑過來替他的表兄招呼一切。因為在T市的親屬實在沒有幾個人。

苔莉是國淳在法政學校時代娶的一個很時髦的女學生——高談文藝和戀愛的女學生。他們是自由結婚的，沒有得白翁的許可。所以結婚後國淳在東公園的N街租了一家小房子安置她，不敢帶回來家裡住。

國淳向苔莉介紹克歐時，笑著說：

「這就是新進作家謝克歐——你所崇拜的作家。」

「你就是《淪落》的作者？還這樣年輕的！誰都不相信吧。」她臉紅紅地向克歐笑了一笑。

「是不是？」她再翻向她的丈夫問。

克歐只臉紅紅的望了望苔莉，沒有話說。他只注意著她的高高地突起的腹部。黛色的修眉，巨黑的瞳子，蘋果色的雙頰，有曲線美的紅唇，石榴子般的牙齒及厚長的漆髮；沒有一件沒有一種特別的風韻。若勉強地把她的缺點指摘出來，就是身材太矮小和上列的門齒有點兒微向外露。

「她是個小說狂。」國淳笑著告訴克歐。

「你要研究文藝最好請他教你。」國淳笑著向她說。

「是的，我以後要慢慢地向謝叔叔請教呢。」苔莉也笑了，很自然的向克歐的一笑。

——像這樣的美人是不應當替人生小孩子的。克歐自認識了苔莉之後，覺得他的表兄是沒有資格享受她的。他想她大概還沒有知道她的丈夫的祕密吧。

國淳因為清理故鄉的產業——收田穀和店租——每年冬夏兩季要回到故鄉的N縣去。在鄉里勾留三個星期或一個月才回來。

四

去年的暑期中，國淳循例回故鄉去了。在這假期中克歐差不多天天都到苔莉家裡來。在這時候苔莉的霞兒已滿週歲了。

一天晚上克歐吃過了晚飯又散步到苔莉家裡來了。他走進來時看見苔莉和一個克歐從未見過的，比苔莉還要年輕的女子對坐著吃飯，他覺得這個女子比苔莉還美些，第一她的膚色比苔莉的潔白些。身材雖然矮小，但比生育過來的苔莉富有脂肪分。

「歐叔叔，我們可以安心到戲院去看映戲去了，我雇了這麼年輕的媽子來看守房子，一定靠得住的了。」苔莉接著克歐就笑說起來。

那個女子還沒聽完苔莉說的話就嗤的笑出來了。由她這一笑他認識她是苔莉的妹子了，因為她笑時和苔莉笑時是一樣的嬌媚。

「你的老媽子退了麼？」

四

「偷米，今天給我看見了，把她退了。」

「你這位令妹叫什麼名？」克歐笑著問苔莉，一面走過來看睡在搖床裡的霞兒。

「誰告訴你說是我的妹子！你猜錯了喲。」苔莉快要把口裡的飯噴出來了，忙把筷子放下來。那個女子也像很喜歡笑，現在她也在笑出聲來了。

「是苔藝？苔蘭？」克歐再緊追著問。

「啊唷，不得了！連苔藝，苔蘭的名字他都曉得。」她們再哄笑起來。

「你自己告訴我的，你又忘記了你說過的話了。」

苔莉早就告訴過克歐，她的父母的家計不很好，她有姊妹三人，沒有兄弟，她居長，在女子中學讀了兩年就退了學。第二個名叫苔蘭。由高等小學出來就不再升學了，在一個女裁縫家裡習裁縫。只有第三的苔藝現在進了女子師範第一年級。

苔蘭是她姊姊叫了來的。此後打算長住在她家裡，日間習裁縫去，下午三點多鐘就回來。苔莉家裡不想再僱用媽子了。

等到她們吃完了飯，霞兒也醒來了。克歐就邀她們同到東公園裡去乘涼。

「等一刻，周身都是汗了，不單背部，連腿部……你看！」她笑著略把她的右腿提起叫克歐看。果然在湖水色紗褲子的上半部滲印了幾處汗溼。「等我進去換換衣服，你替我看著小孩子，要替她扇。」苔莉一面說一面把一把扇子給克歐。

——她的舉動，她的說話，無論在什麼時候都是這樣不客氣的。克歐想若不是他時，定會錯猜她是對他的暗示了。

過了一刻，苔莉換上了一件淡綠的紗褂子，套了一件黑紗裙，電光透過她的紗衣，裡面的粉紅色的緊身背心隱約看得見。走近前來就是一陣香粉的香氣。他覺得她的裝扮是帶有幾分官能的誘惑性。

「快走，快走。快走出去吹吹風！再站在這裡頭又要流汗水的。」她一面說一面把霞兒抱起來。

「她不去麼？」克歐看著苔蘭問她的姊姊。

「今天輪她看守房子，明天輪我看守房子。明天就讓她伴你去逛公園，看映戲，到什麼地方去都使得。」苔莉笑著說，說得她的妹妹臉紅紅的低下頭去笑。克歐也跟著苦笑起來。克歐有點懷疑苔莉是種醋意的說笑。克歐跟苔莉由她家裡走出來。

四

「熱，真熱！」苔莉抱著霞兒一面走一面呼熱。只轉了三兩個彎過了幾條小巷就走到東公園門首來了。

五

他們還是到他們所常來的一個茶室裡來。在這茶室裡他們揀了一個比較僻靜的南向的座位，兩個人在一臺小圓桌的兩面對坐下來，吃汽水，吃冰淇淋。

他們來的時候客還少些，等到他們坐了半點多鐘，客漸漸的多了。他們見茶室裡的人數漸多了，就叫走堂的清了帳，兩個人出來在公園裡並著肩找比較幽靜的地方去散步。在公園裡的花徑上，在葡萄架下，在清水池畔也遇著幾對的男男女女。

「走累了，你們在這裡歇歇吧。」他們走到池畔小山上的六角茅亭中來了。亭裡有個圓形石桌和幾張石條凳，這時候抱霞兒的不是苔莉是克歐了。

「你多抱她，她不久就會叫你做爸爸的。」苔莉在一張石凳上坐下來笑向克歐說。

「叫不叫爸爸不要緊，但霞兒的確幫助了我們不少。抱著小孩子出來，他們就不很注意我們了。」

五

「為什麼？」

「要問你了。」克歐此時只能一笑了。

「他們猜你是霞兒的爸爸？」

「……」克歐覺得自己的雙頰有些發熱。幸得亭子裡的電燈光暗暗，沒有給苔莉看見。

「是的，歐叔叔，你怎麼還不結婚？」

「學生時代能夠結婚麼？並且也還沒有發見可以和我結婚的人。」

「你不著手找，那就永不會發見你的理想的女性。」

「……」克歐只含笑不說話。

「聽說做小說家的都是多妻主義者。你雖沒有結婚，可是你恐怕在暗中活躍吧。」

——你的丈夫才是多妻主義者呢。克歐心裡覺得好笑，同時又覺得苔莉可憐。因為苔莉像不知道她的丈夫的祕密，還當自己是個有家庭的幸福者。

「你真的還沒有和誰戀愛過？」苔莉再笑著問克歐。

「這時候還談不到這些事。」克歐只搖搖頭。

「我替你做個媒好麼？」

「是哪一個？」

「呵呵，你還是想有個女性。真的，上了二十歲的男子也和女人一樣吧，沒有不渴想異性的吧。」苔莉在狂笑。

「只問一問，怎麼就說是渴想呢？」克歐苦笑著說。

無邪的苔莉說的話都是這樣不客氣的。克歐就很想說，「就現在的我說，相知最久的只有你苔莉一個人。」但他終不敢說出口，他怕說出來引起了她的輕視。

「我們回去吧。夜深了。等到警察來干涉，說我們是密會的野鴛鴦時就不妙了。」苔莉又狂笑。

「有霞兒替我們作證。」克歐也笑著說。

「莫太高興了。附近的警察有認得霞兒的爸爸的喲。」苔莉這麼一說，克歐更覺得雙頰發熱得厲害。

「所以我說，她可以證明我們是乘涼來的。」

「你真辯得巧。算了，你把霞兒抱過來。」苔莉站起來了。克歐抱著霞兒走近她。一陣有刺激性的香氣向克歐的鼻孔撲來。她把霞兒接抱過去時，克歐的手觸著苔莉的汗膩的手了。只一瞬間，他像著了電，心臟不住的在跳躍。同時他也感著一種微妙的快感。

離開了六角的茅亭，他們沿著小山坡的草徑慢慢的步下去。由小徑和坡下的通路相聯絡的是一段傾斜很急的石徑。克歐走到她的前頭。

「讓我抱霞兒吧。」

「不，我自己慢慢的下去。」

「那我牽你下去好嗎？怕滑倒下去不得了。」克歐有了剛才的微妙的快感的經驗，希望再有這機會觸觸她的汗膩的手。

苔莉看見他伸出手來，忙向路側一退，她像怕他在這薄暗中對她有意外的舉動。克歐看見她退避，很失望的也不好意思的先跑下坡去了。

六

他們倆默默地一前一後的走出公園門首來了。才踏出公園門，克歐就向她告辭。

「到我家裡去喝了茶回去不遲吧。還有幾條黑暗的小巷子，你放心讓我一個人走麼？」

克歐不做聲的只得跟了她來。他送她到她的屋門首了，他才向她點一點頭就回學校的寄宿舍去了。

約有一星期之久，克歐沒有去看苔莉，往時苔莉有事要和他商量時，就會寄封信來或寄張明片來請他到她那邊去的。克歐雖然硬著心不去看她，但心裡卻在希望著她那邊有消息來。

距開課只有兩星期了。克歐覺得虛度過了這兩星期很可惜。快開課了。表兄也快要由鄉間出來了。黃金般的這三兩星期應當常去看她，盡情歡笑的。受著這樣的

六

小小的失意的支配就把這樣好的時光空過了，未免可惜。但是克歐自那晚回來後近兩個星期沒有出校門了。

——她恐怕在望我呢。我還是當做沒有那回事般的去看她吧。不，不，要去時第二天就該去的。強硬了這兩個多星期了，要得了她有相當的表示後才有臉子去了。

克歐近這兩星期為這件事苦悶了不少，也感著了異常的寂寞。

——她是什麼樣人，你知道麼？你的表兄嫂喲！你沒有思念她的權利喲。假定她真的對你有相當表示時，不是小則鬧笑話，大則犯罪了麼？你還是對她斷念的好。這樣的變態的戀愛是得不到好結果的。克歐有時又這樣的提醒自己。

但是，但是他的心上像給她著了色，他到後來覺得有時雖有這樣的理性的反省，但是很勉強，很不自然的一種反省，沒有看見她時或對她失望時，偶然間發生的反省，一看見她之後就會完全消滅的反省。

開課的前幾天，他接到了她寄來的一封信。信裡的意思是，她接得霞兒的爸爸來信，幾天就會回到T市來。霞兒爸爸未到T市之前，她希望他能夠來談談，她信裡又說，她很望他能即刻來，苔蘭在望他來，霞兒也在望他來。她在後面有一行說，他許久不來，她們一家人都是很寂寞的。

——什麼！有信來就該早點來！怎麼挨到這時候才來？過去的兩個星期不是很可惜了麼？索性不去了！克歐覺得前兩個星期的黃金般的時光是給苔莉一手破壞了的。

接到她的信時是下午的四點多鐘。那晚上他忍耐著沒有馬上跑到她家裡去。可是那晚他通宵沒有睡著。到了第二天，挨不到吃午飯，他就在她的家裡了。

六

七

克歐看見苔莉抱著霞兒開門迎他時，他覺得很不好意思的，禁不住雙頰發熱起來。但她還是和平時一樣的對他始終微笑著。她像忘卻了一切的過去。

「怎麼許久不見你來！」她又像在嘲笑他。「病了麼？」

「……」克歐只苦笑了一陣。

克歐走進廳裡待要坐下去。

「我們到後面院子裡去坐吧。上半天那邊涼快些。」

「蘭呢？」克歐把手中的草帽放在廳前的桌上，跟著她到後院裡來。

「她才出去，就回來的。她今天也沒有習裁縫去。她買線去了。」

院子裡只有一張藤床和一張圓小藤桌。桌上泡好了一壺茶。苔蘭像泡好了這壺茶後才出去的。

苔莉看克歐在藤床上坐下去了後，抱著霞兒也過來坐在藤床的一端。他們雖然

七

沒有並坐著，但他們間的距離不滿兩尺了。

「這兩星期旅行去了麼？」苔莉才坐下來就這樣的問了一句。

「天天在學校裡睡覺。」

「你這個人真妙。一個人在學校裡不寂寞？」

「沒有回去的同學有四五十個，怎麼會寂寞！你呢？」

「我？不單我，阿蘭也這樣說，你不來時我們家裡很寂寞的。」

「表兄快回來了吧？」

「是的，公司裡去信催他回來，催了兩次了。他的假期早就滿了的。不知為什麼事遲遲不來。」

國淳是在T市的一家小銀行裡當司書。銀行的經理是他的父親的老友。他的父親遺下來的生意倒了後，這位父執就招呼國淳到他銀行裡去。

克歐接到由家裡寄來的信，約略知道了國淳遲遲不來的原因。他聽見國淳家裡因為苔莉的事起了小小的風波。但他不能直接把這些詳細對苔莉說。

「恐怕田穀的事還沒有清理吧。今年的收穫期比較遲些。」克歐只能這樣的敷衍。

苔莉的今天的態度不像平日那樣的活潑，像心裡有什麼放不下的事情般的。

「你今天像很沉鬱的樣子。身體不好麼？」

「……」她只搖一搖頭。

「媽，媽媽媽。」在她膝上的霞兒打了幾個呵欠叫起媽媽來。她像想睡了。

苔莉解開衣衿露出一個乳房來餵霞兒。克歐不敢望她。低下頭去，彼此沉默了好一會。霞兒銜著母親的乳嘴睡下去了。

快近午了，四圍像死一般的沉寂。克歐只聽見由遠處吹送過來的低微的蟬音。

苔莉抱了睡著了的霞兒進裡面去了。過了一會她空著手走了出來：「外面蚊蚋多了，讓她在裡面床上去睡好些。」她說著走過來坐在克歐的旁邊。他們間的距離更近了。

她雖坐下來了，但仍然低著頭沒有話說。二人間的沉默又繼續了好一會。

「歐叔父，你的表兄到底是怎麼樣的一個人？你該比我詳細些。你不要替他隱瞞，你要正直的告訴我才對得住我。」

克歐給她突然的問了這一句，一時答不出話來。他只睜著眼睛呆望她。

「你不單是和他同鄉，並且是親戚，你當然很詳悉他的性質，你告訴我吧。我深信你是個很誠懇的人，一定不會瞞我的。」

克歐當苔莉是聽見了國淳的家庭的狀況，想騙她是騙不過了。但把國淳的鄉間的家庭狀況告知她時又覺得對國淳不起。並且國淳常常叮囑他不要把他的祕密向她洩漏的。

「他？他是個好人，再好沒有了的人。他一點怪脾氣也沒有，氣性也很好。這些你該比我詳細的，要我再告訴你什麼事呢？」

「是嗎！男人是袒護男人的。你拿我和你的表兄比較，你愛你的表兄當然是情理中的事，不過我……」苔莉說到這裡噤住了，她的眼睛裡滿貯著水晶珠，不一會，一顆一顆的掉下來了。

八

出他意外的她的流淚把他駭了一跳，因為他認識她一年多了，只看見她笑過，從沒有看見她哭。

「什麼事，傷心什麼事？」克歐著急起來了，他真不知要如何的安慰她。他想湊近前去，但翻想一想自己實在沒有這個權利。他馬上也自責不該乘人之危以發展自己的慾望。

苔莉聽見克歐這一說，她枕著隻腕伏在藤桌上，雙肩抽動得更厲害了。幾次想把腕加在她的肩背上去問她為什麼事傷心，但克歐總覺得這種利用機會的動機是很不純粹的，很卑劣的。

苔莉哭了一會，從衣袋裡取出一封信來交給克歐。克歐接到信，忙抽出來讀。信像是一個女人寫給國淳的，信中的意思大意是責國淳許久不到她那兒去，也許久沒有錢寄給她，暑中回鄉之前該到她那邊去也不去，她想他現在該由鄉間出來了，該快點到她那邊去，不然她就要訪上門來。

克歐讀完了信後在信籤末和封面檢視一回，都沒有住址，郵印又模糊得很，看不出是從哪一處寄來的。但他駭了一跳，因為他發見了苔莉所不知的祕密外的祕密了。他更覺得苔莉可憐。

——表兄完全不是個人了。但克歐又想，社會上本不少抱著三妻四妾的人，但沒有人批評他們半句，假定自己和苔莉一個人對一個人的戀愛成立時，那我們就馬上變為萬目所視萬手所指的罪人了，社會上像這些矛盾的事情本是很多的。

克歐現在覺得他的表兄和苔莉結婚的經過也很有知道的必要了。他想詳細的問問苔莉，但又覺得現在不是好機會。

——把苔莉所未知的表兄的祕密告訴她吧。那麼她定會投向我的懷裡來。一般的女人發見了她的丈夫不是真的愛她時，她對她的丈夫的反抗心也加倍增強的，連克歐自己都覺得驚異，怎麼自己會發生出這樣卑鄙的念頭來。

——但苔莉這個人絕不是能委曲求全地做人的妾的人。她遲早有一回會發見她的丈夫的祕密，就是遲早會同她的丈夫有一次的決裂。作算表兄有本領能夠把這些事情敷衍到底，苔莉的物質生活雖可以勉強過得去，但精神生活就太苦了。一生就這樣的在暗影中過日子，這是何等可憐的事！她赤裸裸的把她的心扉打開讓她的丈夫進來，但她只在他的心扉外徘徊，不知道丈夫的心扉開向那一方面，這是何等傷心的事！她是蔽著眼睛在高崖上徬徨，下面就是深淵，她的前途是很黑暗而危險的，我該告訴她的，把表兄的一切祕密告訴她的。這樣的立在危險的高崖上的女性，我是有救她、驚醒她的義務！

「苔莉！……」我初次呼她的小名，但她並不介意。她此時收了眼淚了，仰起頭來睜著大眼凝視克歐。

——不，我不能把表兄的一切告知她。告知她也可以，不過要附加兩個條件，第一是和表兄絕交，第二是和苔莉訣別。第一條件還可以勉強做得來，至第二條件，在現在的我就太痛苦了。今後不能再來看她是何等難堪的事！但是告訴了她後，我和她之間的愛情繼續著增長。她或終竟投向我這邊來時，那我完全是個……至少社會的批評定說我是苔莉的拐誘者。

「怎麼你的話又不說下去？你什麼時候都是這樣的，真氣死人！」苔莉氣惱著說了後凝視了克歐一眼，表示她的憤恨。

哭後的苔莉，雙目周圍帶著紅色的暈輪，眼皮微微的浮腫起來，臉色卻帶幾分蒼白。在克歐的眼中覺得此時的苔莉另具一種魅力。一陣陣由微風吹送到他的鼻孔中來的髮油和香粉混合而成的香氣把他陷於沉醉的狀態中了，他覺得自己的身體不住地脹熱，他早想過去把她攔腰的抱一抱。但他覺得自己很危險的站在罪惡的面前時，他忙站了起來向苔莉告別。

九

過了幾天，國淳由鄉間出來了。克歐料定他們間在這幾天之內定有小小的波瀾發生，國淳初抵T市的一天，他到他們家裡去了一趟後，好幾天沒有到他們那邊去了。

怕他們間發生什麼波瀾，不願在他們間作調人，雖然是不到他們家裡去的小小的一個理由，但是最大的理由還是不願在國淳的身旁會見苔莉，不願由看見國淳後發生出一種可厭棄的想像——她的身體在受國淳的蹂躪的想像。

出乎他的意料之外的是苔莉並沒有根據那封信和她的丈夫發生什麼爭論。她像忘記了那一回事般的，又像對她的丈夫絕望了般的。

——論苔莉的性質，她絕不是能容忍她的丈夫對她有這樣欺侮的行為。雖然他這樣推想但她近來對她的丈夫像絕瞭望般的，從前國淳遲了點回來，她總是問長問短的，可是近來她不關心她的丈夫回來的遲早了。他過了晚飯的時刻還不回來，

九

她就和苔蘭，霞兒先吃。他過了十點鍾不回來，她就先帶霞兒就寢。

克歐在這個時期中也很少到他們那邊去了。他和幾個友人共同組織了一個研究純文藝的紫蘇社，每月發行月刊一次，發表他們的創作。本來就喜歡讀小說的苔莉每次接到克歐寄給她的《紫蘇》就不忍釋手的愛讀。讀了之後也曾提起筆來創作過，自她第一次的短篇《襁褓》經克歐略加以改削在《紫蘇》發表之後，她對創作更感著一種興趣了，除了看引霞兒之外的時間都是消磨於創作了。第二篇創作《餵乳之後》可以算是很成熟的作品，是描寫一個棄婦和丈夫離婚之後帶著一個小兒子輾轉漂流，到後來她發見了她的第二個情人，這個情人向她要求結婚時，她為這件事苦悶了兩三個月，到後來她終拒絕了她的情人的要求，望著銜著乳嘴睡在自己懷中的小兒子拒絕了情人的要求。這篇創作發表後，得了社會上多數人的喝彩。但文藝界只知道苔莉是紫蘇社的新進女作家，不知道她是白國淳的妻(?)，尤不知道她是做了人的母親的女性。有些喜歡說刻薄話的青年學生就說苔莉是克歐的Sweetheart，是克歐的未婚妻。

克歐早由學校的寄宿舍搬了出來，在T市的東郊租了一所房子和友人同住在裡面經營紫蘇社的一切社務，這個房子外面牆上就貼了一張紫蘇社的黃色條子。

國淳和苔莉間的溝渠像漸漸的深了起來，他很不常回家，有時竟在外面連宿幾個晚上才回來，苔莉對他的越軌的行動像沒有感覺般的，並且還希望著國淳少和她接近少和她糾纏。

雙十節那天，克歐到她家裡來看她。他有個多月足不踏苔莉的門了。

「我當你永久不會來我這裡了的。」苔莉笑著出來迎他。

「我不常來是怕妨害了你們的歡娛的時間。」

「你還在說這些話來嘲笑人！你看我定要復仇的！」她說了後把雙唇抿緊，向他點了點頭表示她在恨他。

他們一同走進房裡來了。克歐從前不敢隨便跑進她的寢室去的。現在他跟她到她房裡來坐了。靠窗的書案上散亂著許多原稿紙。還有幾冊小說和文藝雜誌堆在一邊。克歐想她原來正在執筆創作，那些書籍是她的參考書了。

「阿霞呢？」

「蘭背她到外面玩去了。」

九

克歐走到她的案前翻她寫好了的幾張原稿紙，苔莉忙走過來奪。

「先生！此刻還看不得！做好了再把你看。」

但克歐早把那原稿搶在手裡了。他高擎起他的手。她就靠近他的胸前仰著首拚命的把他的手攀折下來。不是克歐沒有力，他早給她的氣息和香氣溶化了。有曖昧的她的一呼一吸吹在他臉上時，他的全身就像發酵般的膨脹起來，原稿給她奪回去了，他只看見題名是《家庭的暴君》。

她還靠在他的胸前咕嚕著怨他。一陣陣的由她身上發散出來的香氣把他沉醉了，他聽不見她說些什麼。他到後來發見他是站在危險線上，才忙急的離開她，退出來站在房門首。

十

這年冬國淳循例的又回鄉下去了。苔莉去年還在車站上送他回去，叮囑他能夠趕得上時要回來T市和她們母女度團圓的新年。今年呢，她並沒有留神他是那一天動身的了。

過小年的那天，鄰近的家家在燃爆竹。只有苔莉的家裡異常寂寞的。

吃過了早飯，克歐提著一簍紅橘子兩方年糕到苔莉家裡來。這些東西安慰了霞兒不少的寂寞。

「陳先生說要到T市來，現在到了麼？」苔莉接著克歐就問他們紫蘇社的同志陳叔平，也是常有創作在《紫蘇》雜誌上發表的人——到了T市來沒有。

「三兩天內總可以到來吧。」

「他的散文真做得好。他怎麼不進文科呢？他研究遺傳？」克歐只點點頭。陳叔平是農科大學的二年生。

十

「小胡今年也不回家去。你們都到我這裡來過年吧。我買了副新咔特，準備新年玩的。」克歐聽見小胡，心裡就有點不快。因為小胡是個比他年數小的美少年。

據苔莉說，他是她的同鄉，他常到她這邊來是為看苔蘭來的。但苔莉愈向克歐辯解，克歐愈懷疑他，因為苔莉從前不很喝酒的，現在也狂喝起來了，從前不愛晚出或到戲院去的，近來也很常晚出。和小胡一路出去到戲院看戲去了。

——看她近來有點自暴自棄的樣子。作算她不愛那個小孩子，但他們都是在性的煩悶期中……克歐自己也不明白自己近來對苔莉為什麼會發生出這些不必要的疑心來也不知道自己近來為什麼這樣的關心她的行動。

——不是你的妻子，也不是你的姊妹。她有她的自由，你管她做什麼。克歐氣極了的時候也曾這樣的想著自己排解。他雖然這樣想，但心裡總不當他所想的是正確。

——我不知不覺的沉溺下去了！我的精神完全受著她的支配了。我該及早反省，不然我就難在社會上立足了。可是，我往後不能見她，不能和她親近，我的生活還算是生活麼？作算是生活，也不過是留下來的一部分的痛苦生活吧。恨只恨她不該不告訴他一聲私私地把我的心偷了去。現在我的心全握在她的掌中了！

除夕的晚上他在苔莉家裡鬥牌鬥到天亮。那晚上陳叔平和小胡都一同抹牌。初一在社裡睡了一天，睡到下午四點鐘才起來。他起來略用了些點心後，又和陳叔平出去赴友人的新年招宴了。

初二的早晨，克歐睡到九點多鐘才起來。他吃過了早點就一個人趕到苔莉家裡來。走到她家裡來時只苔蘭一個人出來迎他。

「姊姊呢？」克歐看見苔莉不在家，心裡有點不快。

「出去了。」苔蘭望著克歐用很謹慎的態度回答，因為她直覺著克歐快要發怒了。

「到哪裡去了？」

「姊姊說告訴你不得。怕你發惱。」苔蘭這句話沒有把克歐激怒，倒把他引笑了。他想苔蘭竟老實得到這個樣子，完全不像苔莉的妹妹。從前克歐就曾向苔莉說笑：

「苔蘭美得很，你替我做媒好不好？」

「要她這樣的女子做什麼？比她好的多著呢。」

「她還不美？」

「十七八歲的女兒沒有醜的。不過像橡樹膠製的人兒有什麼趣味？」苔莉的話不錯，苔蘭太老實了，太不活潑了。

克歐聽見苔蘭的說話後禁不住笑了。

「和胡先生出去的，是不是？」

苔蘭只點了一點頭。

「阿霞也帶去了？」

苔蘭再點了一點頭。克歐聽見阿霞也抱著出去了。心裡比較的安靜下來。但再翻一翻想又覺得阿霞這樣小，絕不是他們倆的監督者。他們要時，什麼事幹不出來？克歐由她們家裡走出來時心裡愈想愈氣不過。他想作算你對自己絕沒有一點愛時，也當認明白自己是國淳的表弟，他託了我來照拂你，那麼對你，我是有相當的監督權的。

但到後來他覺得自己的憤恨的動機完全是醋意，他也覺得自己有這樣的態度是太卑鄙了。

——我自己錯了機會。她不是有幾次向我表示，和我接近麼？我自己太無勇氣了，我太和她疏遠了，她對表兄早沒有愛了，她由表兄把愛取回來了。她在等著接受她的愛的人。她當我是個候補者。現在她知道我是怯懦者，無能力接受她的愛。她向他方面尋覓接受她的愛的人，論理是無可苛責的！目下的問題只問你自己真的愛她不愛她。愛她時就快些把她由小胡手中搶回來。不愛她時你就以後莫聞問她的事好了。

十一

克歐自大年初二那天回來後，又有一個多月不到苔莉家裡去了。在這一個月的期間中，他想表兄也該回T市來了，就去也沒有什麼意思，索性莫理她吧。在這期間中苔莉也曾寫了幾封信來，說要他去和她商量什麼事，但他終沒有覆她一封信。

他有幾次由學校回到社裡來都聽見當差的說苔莉曾來看他，聽見他還沒回來就走了。克歐也很想見她，但再一翻想覺得還是趁這個機會切斷了兩人間的纏綿的情緒的好。料想到兩個人再這樣的敷衍下去，到後來彼此都不得好結果的。所以他有意的規避她，一早就出去，到傍晚時分才回來，吃了晚飯後又出去，到十一二點鐘才回來。

二月中旬的一天，他接到了她一封很憤恨並且很決絕的信，她信裡說，她一點不明白他為什麼這樣痛恨她，不理她；作算她對他有什麼失禮的地方也得明白告知她，讓她改過；她只有常常思念他的記憶，並沒有對不住他的記憶；作算他覺得她

十一

有對不住的地方時他也該原諒她。最後她在信裡鄭重地說，希望他能在最短速的期間內去看她，並替她解決一件疑難的事件。

克歐讀了這封信後不能不到她那邊來了。他在門首敲了一會門，但打開門迎他的不是苔莉，也不是苔蘭，卻是克歐不認識的老媽子。

「你是新來的媽子？」

那個老媽子微笑著點了點頭。克歐轉過臉來望裡面。苔莉不像平時一樣聽見他的聲音就出來廳前笑著迎他了。

克歐心裡有點不高興，但又不好轉身回去。他元氣頹喪的步進廳裡來了。——她自己心裡不好意思，卻用這樣的態度來先發制人的。克歐站在她的房門首看見她坐在床前的矮椅子上垂淚。蚊帳垂下來了，阿霞像睡著了。

「你來了嗎？」她只抬一抬頭就低下頭去揩淚。克歐來時本打算不先開口的，現在不能不先說話了。

「你為什麼事這樣的傷心？」克歐把手杖和氈帽放在一邊，在靠窗的一張籐椅上坐下來。

苔莉聽見克歐問她，更哭得厲害，她用隻腕枕著頭伏在床沿上，雙肩不住地聳動。

「什麼事？到底為什麼事？難道我來錯了麼？」

「你不情願來我這裡你就回去吧！等我死了……」苔莉說到這裡，更悲痛的哭出聲來了。

「誰說過不願意來！？你不喜歡我來我才不來！」克歐很倔強地說。

「誰又說過不喜歡你來！你自己疑神疑鬼的！」

克歐本想把小胡的事責問她的，現在聽見她說了這一句不敢再向她提小胡的名字了。

克歐大膽的隻手拍著她的肩膀，隻手拿一條手帕要替她揩淚，她才住了哭。

「誰要你揩！」苔莉站了起來向著他笑了，但腮上的淚珠還沒有盡乾。

「蘭兒呢？」

「回我母親那裡去了。後天才得回來，你今晚不回去使得？」苔莉說了後向他一笑。

十一

「我要回去。瓜田李下，犯不著給人說閒話。」克歐也笑著說。

「你這個人無論什麼事都向惡方面解釋。你放心吧。」苔莉也笑了。「你太看不起人了。」

克歐今天果然在苔莉家裡吃晚飯了。和苔莉對坐著吃。吃了晚飯後一直談到九點多鐘才起來回去。

十二

再過了幾天，克歐也接到了他的表兄的信。這封信是來報知他，他的姑母——國淳的母親——於三星期前逝世了，母親死了後的家庭再不許他有住T市的自由了。他希望克歐能在春假中送苔莉母女回鄉下去。前幾天晚上苔莉要和克歐商量解決的也就是這件事。

「看霞兒的爸爸來信的口氣，他家裡像還有人般的，若真另有女人時，我就沒有回去的必要了。」

「……」克歐在這時候只能沉默著。

「你這個人一點勇氣也沒有。告訴我怕什麼呢？人類又不是狗，又不是貓。這邊姘一個，那邊偷一個，也還像個人麼？你也忍心看著我當狗當貓麼？」

「我有我的苦衷。你該原諒我。因為我對你太親密了。」

苔莉點了點頭說：

十二

「那你春假期中送我們回去麼？你若回家去，我就跟你到鄉下去看看也使得。如果他家裡另外有人時，我就馬上次T市來。」

「……」克歐只搖搖頭。

「為什麼？」苔莉睜著她的大眼望他。

「我們春假要到南洋旅行去，不得回家。」

「到南洋去？幾時才得回來？」

「來回恐怕要費三四個月的時日吧。」

「要這麼久？」苔莉很失望的問。

「要遊歷十多個埠頭，各埠停留一星期也就要三個多月的期間了。兼之來往的路程，恐怕要四個月以上的工夫呢。」

「那麼我只好在T市等你吧。」苔莉的眼波紅起來了，她低下頭去。

「還要等一個多月呢。我不是就要去的，你傷心什麼？」

「遲早還不是一樣去的。」苔莉的淚珠一顆一顆的掉下來了。

「你無緣無故的又傷心起來做什麼？你該保重你自己的身子。」

「為誰？為霞兒？」

「也要為你自己！」

「我是前途完全黑暗的人了。」苔莉說了後再掉下淚來。

「那不能這樣說！命運本來可以自己改造的。」

「真的麼？」苔莉忽然仰起頭來凝視著克歐。

克歐給她這一問，又覺得自己說得太快了。

「總之，我希望你以後對世情達觀些才好。」

「我問你，前途沒有希望，沒有目標的人也能改造她的運命麼。」

「到了有希望的時候，發見了目標的時候也未嘗不可以。」

「那麼，我就等那一天到來吧。等到前途最有希望的一天，發見了目標的一天！」

克歐要動身赴南洋的前兩晚到苔莉家裡來辭行。苔蘭也由她母親那邊回來了。一連下了兩天雨，氣溫很低。阿霞睡了，他們三個圍著臺上的一個洋燈談笑。苔蘭有時參加幾句話，她只把她的全副精神用在她的裁縫工事上。

十二

「歐叔父，南洋不去不行麼？」苔莉斟了一杯熱茶給克歐。

「這回的商業實習是必修科目，要算成績的。」

「學什麼商業？你就專寫你的小說吧。」

「對小說我還沒有自信。在中國想靠小說維持生活是很難的。有一張大學的畢業文憑在社會上比較容易找飯吃。社會如此，沒有辦法的。」

「結局還是麵包問題！麵包問題不先解決，其他的問題是提不到來討論的。」苔莉嘆了口氣。

「……」克歐只低著頭。

「你們男人真沒有志氣！像我這樣無用的女人也不至於餓死吧。你們男人怕找不到飯吃麼？」苔蘭聽見他們談及麵包問題，從旁插了這一句。

克歐唯有苦笑。

「你們男人的思想到底比女人長遠。男人的名利慾就比女人大。無論如何重大的事物都不能叫男人犧牲他們的名利！我們女人就不然。女人所要求的，在名利之上還有更重大的東西。」

「那是男女性上的根本的異點。因為男人是主動的，女人是受動的。女人的責任比男人的小的緣故。」

「那是什麼東西呢？」菭蘭抬起頭來笑問她的姊姊。

「你做你的工夫！要你多嘴做什麼？」菭莉笑罵她的妹妹。

「我告訴你好麼？」克歐笑向著菭蘭。

「也不要你多嘴！你莫教壞了天真爛漫的女孩兒。」菭莉再笑著禁止克歐說話。

過了兩天，菭莉，菭蘭輪抱著阿霞到T車站的月臺上來送克歐。菭莉灑著涙答應克歐替他照料社務後，火車就開始展輪了。

十二

十三

克歐由南洋回到T市來了。那晚上他在T江酒店的三樓上整晚沒有睡，到了黎明時分才歇息了一會。等到他睜開眼睛時，腕上的手錶告訴他快要響八點鐘了。茶房打了臉水上來，他匆匆地洗漱。洗漱完了就換衣服，他換上了一套瀟灑的西裝，戴上巴拿馬草帽，提一根手杖走了出來。他把房門下了鎖，把鑰匙交給那個茶房後一直向樓下來。

工商業繁盛的T市一年間遇不到幾天晴明的日子。坐在高深的洋房子裡面看不見天日，所以晝間還是開著電燈的。二樓比三樓更幽暗，晚來的電光還沒有息。扶梯下幾個茶房東橫西倒的臉上在流著膩汗呼呼的睡。二樓的空氣也比三樓汙濁，一股臭氣——像由輪船大艙裡發出來的臭氣，直向克歐的鼻孔撲來，他快要嘔出來了。

由旅館出來後，在道旁站了一會拚命的吸取新鮮空氣，他的精神也爽快起來。

十三

幾輛貨車在街路上來往，還有一個賣豆腐的和兩三個叫賣油條的小童。

他在電車路旁站了二十多分鐘，有一架電車駛到來了。他跳上車去，車中沒有幾個搭客，一個老婦人，一個商人模樣的三十多歲的男子，還有幾個提著書包上學去的中學生。

電車在街路中央疾走，克歐望見兩側的店門什九沒有開，電車到了仙人坡下，他換乘了駛向東公園的電車。再過了二十多分鐘，他站在東公園門首了。他在公園門左側轉了彎，穿過了幾條小巷，走到N街來了。全是民房，只有幾間小店的N街是很寂寞的一條小街道。克歐走進這條街路上來時心房就不住地顫動，同時發生出一種戀戀的心情。他覺得這條街道的任何一家的房子，街道上的任何一顆砂石都是很可愛的。

一家小小的房子站在克歐的面前了。他敲了門就聽見阿蘭的「來了」的聲音。

克歐在廳前站了一會，躊躇著不敢就進苔莉的房裡去。因為苔蘭告知他苔莉還在睡著沒有起來。這時候阿霞由房裡走出來。

「啊呀！阿霞長得這樣大了！」克歐走前去把她抱了起來，他聽見苔莉的微弱的聲音了。

「請歐叔父進來坐吧。」

克歐抱著阿霞走進苔莉的房裡來了，房裡兩個窗扉都打開著，空氣很流通，光線也很充足，絕不像是病人的房子。

苔莉臉色蒼白的枕在一個棉枕上。她望見克歐，她的心房好像起了意外的激烈的顫動。微微的慘笑在她唇上浮了出來。

他和她彼此痴望了一會都沒有話說。不是沒有話說大概是想說的話過多了，無從說起。還是阿霞先開口給了他們一個開始說話的機會。

「歐叔父，帶我到外頭玩去。」阿霞隻手揉著她的眼睛，張開她的小口連打了兩個呵欠。

「歐叔父才回來，你就這樣的鬧，他以後要不來了！快下來，跟蘭姨到後面院子裡去玩。安靜點！」

「你的精神好了些麼？今天身體怎麼樣？比春天就瘦減了許多了。」

雙行清淚忽然由苔莉的眼眶流出來。她低了頭。

十三

苔莉望見阿霞還在克歐腕上，她忙叫阿蘭。阿蘭像在火廚下，不一刻走來了。

「你背阿霞出去買些點心回來。」她說了後又望克歐，「你早上起來沒有吃什麼吧。」

克歐也覺得有點餓了，點了點頭。可愛的阿霞聽見買點心忙伸出雙腕來轉向苔蘭要她抱。引得苔蘭笑起來了。阿蘭笑時和她的姊姊笑時一樣的可愛。

十四

苔蘭引著阿霞出去了。只剩他和她兩個人了。

「你坐吧。你把那張矮椅子移到這邊來。坐近些，好說話。」苔莉說了後向克歐微微地一笑。

「說話多了，怕你的精神來不及呢。」

「我沒有病了。我的精神早恢復了，昨晚上聽見你回來了，我的病就好了一大半了。」

克歐把那張矮椅子移近她的床前。他不忙坐下，走到床前把這一面的帳門掛起來。沒有遮住的她的一雙白足忙伸進回字紋褐色羊毛氈裡去了。她的臉上淡淡地起了一陣桃色，嫣然的向他一笑。笑了後還是紅著臉低下頭去。

——你看這種態度，完全是個處女的態度！誰說她是做了人的母親的！這種羞怯的態度多可愛，多嬌媚！克歐望著苔莉，周身發熱。他想我們間的愛到了成熟

十四

期了，我該湊近前去摟抱她了。她絕不會厭惡我，這是可斷言的。作算她怕社會的批評不敢和我親近，但她絕不致使我面子上下不去，我今就鼓著勇氣向她表示我對她的愛吧。她絕不會拒絕我吧。平時她或因羞怯而躲避，現在在病中的她，只能任我……克歐的心房突突的跳躍，周身也不住的脹熱。

「苔莉！……」他只叫了她的名字，說不下去了。

苔莉仰起頭來，把驚疑的眼睛望著他，待他說下去。克歐給她這一望，雙頰通紅的反說不出話來了。他這時候只不客氣的把苔莉飽看了一會。她的臉色蒼黃了許多，眼睛的周圍圈著一重紫黑的色暈，口唇呈淡紫色，鬢髮散亂，克歐想，苔莉的此時候的姿態在普通的男性眼中絕不能算是個美人，但在我，除了她世界上再無女性了，他此刻才明白他所渴望的完全是她的肉身，除了她的肉身之外雖有絕世的麗姝也難滿足他的渴想。

「盡望著人的臉做什麼事！」苔莉惱笑著說。

「瘦是瘦了些，但是比春間更美了。」不可遏制的一種自然欲逼著他坐上苔莉的床沿上來了。苔莉略向裡面一退，讓出點空位來給他坐。她並不拒絕他的親近。

「撒謊！病得不像個人了。我自己在鏡裡看過來，完全由墳墓裡再抬出來的死屍般的。還有什麼美！你這個人總不說實話，所以我……」苔莉說到這裡深深地嘆了口氣，眼淚再撲撲簌簌地掉下來。

克歐看見她傷心，後悔不該隨便說話。他這時候真想不出什麼話來安慰她了。他想，能安慰她，同時又可以安慰自己的方法唯有趁這個機會——苔蘭她們還沒有回來——和她親近親近，最少，親個嘴吧。

——不行，不行！無論如何這件事是做不得的！慢說這是種犯罪行為，現在懷有這種念頭，自己都覺得太卑鄙了。經這一吻之後自己的前途只有死亡或沉淪兩途了！快離開她，我現在站在下臨深淵的危崖上了。……但睡在他面前的苔莉像在向他不住地誘惑。他又覺得自己的飄搖不定的精神，除了苔莉無人能夠替他收束。他的徬徨無依的心也非得苔莉的安撫不能鎮靜。

——遲早怕有陷落的一天，除非我們以後永不見面！但這是明知不可能的，我們若盡維持著這種平溫的狀態，我們都要苦悶而死，這是預想得到的。我們若再深進，在她還可以理直氣壯；在我是要受人的指摘和惡評了。戀愛這種無形的東西

十四

是很難用於抵禦社會一般的批評。作算我和她向社會宣布正式的同棲，在法律上雖是正當的行為，但在中國的社會不能不說是破天荒的創舉。到那時候有誰能諒解我們是戀愛的結合而加以同情呢？

苔莉看見克歐沉默著許久不說話。

「對不住，你才回來，我該歡喜才是。你看見我這樣愁眉淚眼的，很覺得討厭吧。」她用袖口揩了眼淚後勉強的笑出來。

「那裡！我把你引哭了，我才真的對你不住。在病中的人，神經比較的脆弱，容易傷心。這是於身體不很好的，你要自己留意。」克歐大膽著伸出隻手來牽她的手。她也不拒絕的伸出隻手來讓他緊緊的握著。

「手腕也瘦得這個樣子。」克歐把她的袖口略向上撩，給幾條青筋絡著的蒼白的手腕前半部在他眼前露出來了。克歐還想把她袖口往上撩。

「啊啦！」苔莉臉紅紅地把臂腕往後縮。「這樣髒，這樣瘦，怪難看的。我兩星期沒有洗澡了。」

「對不起！」克歐也臉紅紅的，「太失禮了。」

「我是不要緊的。不過……」她的臉色更紅潤起來了，禁不住向克歐嫣然地一笑。

「你喜歡時，讓你握吧。」她說了自己把隻手的袖口高高的捲起，可愛的皓腕整部的露出來了。

「你看瘦成這個樣子，瘦得看不見肉了。」她紅著臉避開他的視線。

「多美麗，多潔白的臂！」克歐也覺得自己太卑鄙了，但一種燃燒著的自然欲驅使著他摩撫她的臂腕。

兩個人握著手沉默了一會，苔蘭背著霞兒回來了。

十四

十五

預想到未來的社會的制裁和非難，克歐終沒有勇氣向她有更深進的行為，也沒有把自己對她的希望向她表示。但自那天回來後，他感著異常的苦悶——在由南洋回航的途中，每想念她想念至興奮的時候，自己也曾決心這次回到T市之後非擁抱她不可了，一切的社會的非難可以不聽，未來的沉淪也可以不管，只要我們以為能度我們的有意義的生活，有人氣的生活。我已經達到這樣的境地了——除了她活不成功的境地了。恐怕她對我也是這個樣子吧。

——不知為什麼緣故，一看見她我的勇氣就完全消失了。無論如何未得她的同意之前，總不敢向她有握腕以上的行為。握腕是得了她的同意的了。她不是早向我表示了麼？「你喜歡時……」不是對我表示她的同意麼？克歐那天下午回到T江旅館來後在床上翻來覆去的想，覺得自己今天是錯過了機會了。坐在她的身旁邊，握著她的腕，距苔蘭回來還有半點多鐘的時間，她的病也好了大半了……我真錯過了機會了！

——你這個人真無恥！你怎麼會發生出這種卑劣的念頭來？乘她在病中去強要她，這還是個人幹的事麼？幸得對她還沒有什麼粗暴的舉動，不然她以後要看不起我了，要鄙視我了。不，不，她絕不會看不起我，作算我對她有什麼表示……她不是說「你這個人太本分了，一點沒有勇氣」麼？自己反問她「什麼事」時，她不是說「你像個感覺很遲鈍的人」，說了後嘆了口氣麼？

克歐翻來覆去的想了半天，到後來還是覺得機會太可惜了。他想，苔莉現在定在流淚呢，她恨我不能理解她，拒絕了她的表示，不和她親近，不和她擁抱，不和她接吻……的確，她是在渴望著男性的擁抱。

克歐又想到臨走時苔莉和他說的話了。

「你就搬過來住吧。空租社的房子，多花費。並且霞兒的爸爸也同意，他看見我決絕地不回鄉下去，只得讓我母子住在T市，他說過了年定出來看我們，要我請你搬過來住，有什麼事發生時家裡少不了男人的。」

「讓我考慮一下。」

「考慮什麼。你怕我麼?你放心吧,絕不侵害誰的自由的。」苔莉笑著說。

「不是這樣說法。不過……」

「不過什麼?」苔莉緊追著問。

「我和你們是親戚,並且我和你也太親密了。我們雖不至於做出不能給人聽見的事來,但恐怕社會還是要猜疑我們的。」

「那你以後再不來看我們了!是不是?」

「來看你們是很尋常的事。」

「那麼,我們只問我們的良心。能不能給人聽見,能不能給人知道,我們是無能過問,也可以置之不理的。我們只問我們心裡有沒有不能給人知道的念頭。有時,難怪社會猜疑,沒有時,不怕社會的猜疑。」

克歐禁不住雙頰發熱起來。他想自己還是想搬來的,自己的心早握在她的手中了。他又想自己太卑怯了,趕不上她的誠摯,也不能像她一樣的有勇氣。

——我愛她是很正當的!怎麼我這樣的卑怯怕給社會曉得呢?你愛她不算罪!你想不給社會知道密地裡愛她,這才是罪!還沒有決心完全對女性負責任以前，你是不能向她表示愛，也不能要求她的愛！

「苔莉，我不再對你說謊了，我實在有點愛你。我搬到你這裡來就像住在噴火口旁邊，遲早要掉進火口裡去的。到那時候怎麼辦呢？」克歐很想說出這幾句話來，但握著她的上半腕時打了一個寒抖，默殺下去了。

紫蘇社的幾個友人星散了也是一個原因。並且苔莉說社裡的一位S君對苔莉常懷著野心，對苔莉有過不自重的表示;，這又是一個原因。克歐實在不想回學校的寄宿舍去住。他在T江酒店住了兩天之後到第三天跑到苔莉家裡來覆信，等她病完全好了後他就搬過來。

十六

病後的苔莉比從前的風姿更娟麗了。替克歐掃除房子，替他整理書籍，替他折疊衣服，一切操作都由她經手，絕不讓給她的妹妹做，望著殷勤地操作的苔莉，克歐覺得她又另具一種風致——年輕主婦所特有的風致。她灑掃著在他面前走過時，就有一陣香風——能使他沉醉的香風向他的臉上撲來。

一天早晨克歐抱著霞兒從外面散步回來，看見苔莉在他的房裡替他整疊被縟，疊好了被縟後又把克歐換下來的衣服一件一件的拿出去浸在水盆裡。過一會又由廚房裡拿了一把掃帚進來替他掃除房子。

「媽媽，休息一休息吧。」克歐替霞兒喊苔莉做媽媽了。

「啊呀，啊呀。儼然主角的口氣了。」苔莉笑說了後，紅著臉看了一看克歐，隨即低下頭去。

克歐才覺得自己太不謹慎了，也雙頰緋紅的。苔莉像知道克歐不好意思。

十六

「就不認識我們的人來看，也不相信吧。這樣老的主人婆不會有這樣年輕的主角吧。他們都會猜我們是姊弟吧。是的，前幾天鄰街的鄒太太過來玩，她看見你也是這樣的問，問我，你是不是我的弟弟。」苔莉笑著說。

「我就叫你姊姊吧。叫表嫂就不如叫姊姊方便些。以後，我就叫你姊姊了。」克歐也笑著說。

「你不見得比我年輕吧。你是乙未？」

「不，屬馬的。」

「那麼，我還比你小一歲，外面上看，我就比你老得多了。是不是？」

「不見得。」克歐搖搖頭。「你還像個十八歲的觀音菩薩。」他笑著說。

「等我過來撕爛你的嘴。」她真的笑著走過來，伸手到他的臉上來。克歐忙躲過一邊。苔莉又趕上去。她笑得腰都酸了，走近他的身旁，伏在他肩膀上還不住地笑。那種有刺激性的香氣薰得克歐像吃醉了般的。他若不是抱著霞兒，早就攔腰把她抱近胸前來了。

霞兒看見她的母親笑，也跟著笑，聽見苔蘭由火廚裡出來的足音，苔莉忙離開他的肩膀，從克歐手中把霞兒抱了過去。

——她的表示不單過於急進，也很大膽的。我的運命已經操在她的手中了。一切任她自然而然吧。人力是有限的，你只有兩條路可走了，不即日離開就快一點向她要求你的最後的要求吧。這種不冷不熱的態度絕不是個辦法。

「菜弄好了？」克歐聽見苔莉問苔蘭，才從默想中驚醒過來。

「都好了。你們到外面吃飯去吧。」苔蘭抱著一個飯甑向廳前來，他們也跟了來。

克歐坐在苔莉的對面，占有主人的席位。每次吃飯時，他覺得他像個有了家庭般的人了。對苔莉只差一步的距離，但由不認識他們的一般人看來，他完全是她的丈夫了。

吃了早飯後，他挾著書包上學去。苔莉抱著霞君送出去。他們走出N街口來。

「霞兒，回去吧。歐叔叔去買東西給霞兒，即刻就回來。」

霞兒那裡肯聽她的母親的話。她一面掙扎一面哭說要跟克歐去。

「不得了！」苔莉抱著霞兒再跟了來。街路上的人在望他們。克歐有點不好意思。但他看苔莉的態度是很自然的。

「你家的老爺在哪一家公司辦事呢？」街路旁的一個老婦人在問苔莉。

「不是到公司裡辦事。」苔莉很自然的答應那個老婦人。但她並不辯證——並不辯證他不是她的丈夫。

「那麼，到衙門裡去的？」

「到學堂去的。」

「真幸福，有這麼年輕的老爺。」老婦人說了後自跑了。

苔莉只紅著臉向克歐微笑。克歐也臉紅紅的只低著頭向前走。

苔莉抱著霞兒送克歐到電車路上來了。那邊來了一輛電車。他要上車了，他大膽的走近苔莉身邊向霞兒的頰上吻了幾吻，他的鼻尖幾次觸著她的右頰。

「霞兒，歐叔父要去了喲。」

一陣暖香撲向克歐的鼻孔裡來。若不是站在大馬路上，他定摟抱著她親吻了。他坐在電車裡如痴如醉般的，他想，那時候馬路上並沒有什麼行人，不該錯過了這樣好的機會的。

十七

那天下午還沒有到兩點鐘他就趕回來了。他覺得過了三四個時辰看不見她時，心裡就不舒服起來。

——我終於陷落了！

克歐回到N街時，打開門迎他的不是別人就是他在切想著的苔莉。他在途中就想今天回去絕不再顧忌什麼了，定要求她接吻了。但是苔莉才打開門，只望了望克歐的臉後忙躲在一邊。

——她像知道我對她想有什麼表示般的。平時她就不是這樣的遠遠地躲開的。莫忙，等一會她要送開水到我房裡來的，那時候再擁抱她吧。

克歐望了望她就回房裡來。她始終微笑著不說一句話。他把書包放下，把長褂子除了，就往床上斜靠著被堆躺下去。他周身發熱般的焦望著她進來。

——最好不要抱著霞兒進來。抱著霞兒進來時就有點麻煩了。她在黑夜裡苔

十七

蘭和霞兒睡熟了後也曾到我這裡來坐談過。她問我要不要熱茶喝，也問我要不要點心吃。她也在這床沿上和我並坐過來。我握過了她的手，我摸過了她的背，我的隻手也曾加在她的肩上，她也曾斜著身軀靠到我的肩膀上來。那晚上我何以會笨得這個樣子，把好好的機會錯過了。那晚上我何以會這樣的膽小，不趁那個機會摟抱著她要求接吻。

克歐等了好一會，還不見苔莉到自己房裡來。他想，平時我由學校回來，她定跟了進來的。怎麼今天像預知道自己另有心事般的故意不到自己房裡來。他等得不耐煩了，不能不由房裡踱出來。他聽見她進廚房裡去了的，他滿臉紅熱的走到廳後的門邊來。同時他也感著一種羞恥。他喊了她一聲後，她在廚房裡答應了，但不見出來。

「阿蘭呢？」

「上街買菜去了。」她還是在廚房裡答應，不見出來。

「霞兒呢？」

「睡著了。」

克歐想進廚房裡去。但馬上又覺得這種行為太可恥了，並且他感著自己的兩腿忽然的痠軟起來不住的顫動。他終沒有勇氣到廚房裡去。

「你在裡面做什麼？」他的聲音顫動得厲害，他背上同時感著一個惡寒。

「燒開水。」她還不出來。

「你來！我有件事告訴你。」

「什麼事？」她走出廚房門首來了，但不走近他的身旁。她微歪著頭向他媚笑。她的態度半似嬌羞，半似暗暗地鄙笑他。

「請到我房裡來！」克歐的聲音愈顫得厲害。他這句話差不多吐不出來。他的胸口像給什麼東西填塞著，呼吸快要斷絕了般的。

他回到房裡來了。她雖然跟了來，但在房門首就停了足，不進來。

「你為什麼不進來？」克歐坐在床沿上再顫聲的問她。

「……」她只臉紅紅的微笑著低下頭去。

「進來吧！」

「我害怕！」

十七

「害怕什麼事？」他有點恨她了。

「這房子裡除了我們，再沒有一個人，我有點害怕。」

「那麼你怕我？」

苔莉點了點頭。

「你今天回來得特別的早，你的眼睛也比平日可怕。我怕看你的眼睛。」

——啊！我的眸子已經把我今天的心事表示給她看了。我錯了，我不該對她懷有這種奢望的。她真的像愛她的弟弟一樣的愛我吧。我不當對她有不純的思想的。她不能像我愛她一樣的愛我。這完全是我觀測錯了的。

克歐雖然這樣的反想了一會，但他周身還是像燃燒著般的。站在房門首的苔莉今天在他的眼中就像由月宮裡降下凡塵來的仙女。

他跑近她的身旁來了，她想躲避已來不及了。

「給我一個……」他摟抱著她了，把嘴送到她唇邊來，但她忙用隻手掩著口，把臉躲過一邊。

「不好，不好的。克歐，快不要這樣！」

她給了他一個——不是Kiss，是一個大大的失望！他臉色蒼白的退回到床前躺下去了。

十七

十八

那晚上的晚飯時分，他就不想出來陪她們吃，但他說不出不吃飯的理由來，經苔蘭再次的催促，他只好出來陪她們吃。每天吃飯時都有兩個美人陪著他吃，和他很多說笑的。可是今天他和苔莉都默默地吃，一句話也沒有說。苔蘭看見他們不說話也不便提出話來說，她也默默地提起筷子來把飯向口裡送。

克歐今晚上少吃了一碗飯。吃完了第一碗飯就回房裡來。過了一刻，他穿上了外衣走出來。

「我今晚上怕不得回來。」他望著苔蘭說，他再不看苔莉了。

「到什麼地方去?」苔莉忙站起來問他。

克歐像沒有聽見苔莉的話，急急地走出去了。苔莉痴望著他出去，她覺得剛才的確太使他難受了。

——他回來時依了他吧。怪可憐的小孩子。自己也是這麼樣希望著的。

十八

遲早是要給他的……她看不見克歐的後影還在站著痴想。

「姊姊，什麼事。他為什麼氣惱得話都不說了？」

「誰知道他！？」她雖然這樣說，但同時感著一種酸楚。

苔蘭像有些知道近來她的姊姊和克歐間的空氣有點不尋常，也不再追問了。

聽見霞兒醒來了，苔莉忙回到自己房裡來。霞兒過了兩週歲了，但還沒有斷奶。她解開衿口把乳房露出來，便回憶到克歐才搬了來沒有幾天的一晚上的事了。他初搬了來，一連幾晚上她都抱著霞兒到他房裡來玩，有時餵著乳走進來。

「這麼大的乳房！」雪白膨大的乳房給了克歐不少的誘惑，他失口讚美起來了。

「現在沒有奶了，不算得大。霞兒還沒有滿週歲時比現在還要大。你看，現在這樣的鬆了。」她一面說一面把第二個乳房也露出來。這時候她是半裸體的狀態了，這時候克歐也壯著膽子過來按了按她的乳房。

「不緊了，是不是？」

克歐這時候像吃醉了酒，說不出話來，只點點頭。他乘勢伸手到她的胸口上來。

「不行！討厭的！」她笑惱著說。他忙把手縮回去。

苔莉回想到這一點，她對他感著一種不滿足。

——他太怯懦了。我的表示拒絕何嘗是真的拒絕他。我是想由我這種拒絕引起他對我的更強烈的反作用。但是他一碰著我的拒絕的表示就灰心了，就不樂意了。他這種怯弱的態度，不能引起人的強烈的快感的動作，未免使人失望。

她愈想愈興奮起來。由克歐又聯想到胡郁才來了。論肌色，小胡比克歐潔白，由一般人看來都肯定他是個美男子。論歲數，也比克歐年輕。

——他比克歐的膽子大得多了。他對苔蘭對我都是一樣不客氣的。那個人除非莫表示，表示了後就非達到目的不可的。在電映戲場裡並坐著就常常伸手到人的腰後或胸前來。有一次他也和今天的克歐一樣要求我的接吻，我也拒絕了他，但他死不肯放手，用腕力來制服我，把我的頸部緊緊的摟住不放，觸著了我的唇才放手。他的舉動的確比克歐強烈。但他平時的舉動和說笑時就沒有一種男性美。並且周身塗著香粉，時時發出一種女性臭味。看他就俗不可耐的。他這個人始終嬉皮笑臉的。他像永不會發怒的。他這種人是沒有做家庭的主角的資格。他只圖性慾的滿足吧。暑假期中他竟跑了來向我作最後的要求。自從那次給我斥退了後，他許久不來了。現在克歐搬來了，他更不願來了吧。現在想來，他的痴狂的狀態，強烈的舉動，當時雖然有點討厭，但過後想來也有耐人尋味的地方。

苔莉早就想由克歐和小胡兩個人中揀一個作永久託身的人，她是遲疑的先揀了克歐。不幸的就是名義上和克歐是親戚，在社會上由這樣的名義就發生出種種阻礙——他們倆間的戀愛阻礙來。若揀小胡，那就很神速的可以成功，社會也不能加以不道德的批評。不過小胡太年輕了，恐怕將來兩人間發生出歲數的懸隔——容貌的懸隔時，就無幸福可言了。第二是小胡缺少男性的勇氣。她恐不能長期間尊奉他為一家庭的主角。等到發見了他無作家庭之主的資格時，以後的家庭幸福就難維持了。第三小胡雖然貌美，但沒有一點風雅的態度，對文學的理解一點也沒有。對文藝沒有一點理解的人就失了人生的真意義了。

——還是等克歐回來時，允許了他吧。苔莉這時候覺得克歐是她的唯一的愛人了，在這世界裡再找不出第二個理想的男性來了。

十九

苔莉近來感到性的寂寞了，由性的寂寞就生出許多煩悶來。受了這次克歐給她的刺激後，她的性的煩悶更深也更難受了。她幾次都想自動的向克歐求性的安慰，但恐怕遭了他的意外的輕視。並且翻想一回又覺得女性是不該有此種無責任的享樂。一句話，她是渴望著克歐給她一個保證——以後對她的身體完全負責任的保證。她得了這個保證時，她的身體也就可以一任他的自由。

克歐一連兩天不回來，苔莉就有點著急。但也沒有方法，自己又不便出去到他的友人處打聽他的行蹤。

——他總不至因這小小的事件自殺吧。他真的自殺了時，就可以證明他是愛我到極點了。那麼他死了後，我也可以為他死。最少，我是不再和別的男性同棲了的。

但是到了第三天的下午，克歐回來了。苔莉姊妹都微笑著出來迎他時，他也不能不以微笑相報。

「這幾天到哪裡去來?又到什麼地方去旅行了麼?」克歐常常說要旅行，也曾邀苔莉一同旅行去，所以苔莉這樣的問他。

當著她的妹妹的面前，他不能不答應她了。

「S港。」

「真羡慕!秋的海濱，很好玩吧。我也想去走走。」克歐只笑了一笑向房裡來，苔莉把霞兒交給苔蘭抱，自己跟克歐進來。苔蘭抱著霞兒往後院裡去了。

他和她一同走進房裡來時，她走近他面前要替他除外衣。

「不，我自己會……」

「你還在惱我麼?」苔莉笑著問。

「不，我惱你做什麼?」他也笑著說。

「但是你走了幾天了，你的脾氣我真怕。」她把他的外衣解下來就在他的床上替他折疊。一種有刺激性的香氣又把他包圍起來了，他像塊冰消溶在溫水裡面了。他禁不住坐近她身旁來。

「早曉得你會氣惱到這個樣子，我該給你……」她說到這裡仰起頭來向他嫣然的一笑。

「什麼？」他像沒有聽見她說的話，又像故意的反問她。

「啊啦，你還在裝不知道。」她把他的外衣疊好了，遠遠地坐在床沿的那一邊。

「什麼事？」

「前天的事你忘了？」苔莉湊近他，差不多和他膝部接膝部的了。出乎她的意外的就是他像無感覺般的對她遲遲的無表示了。他只痴望著她的臉。

「你前天不是對我……怪不好意思的。」她低下頭去。

但克歐只搖搖頭。這時候她反覺愕然。她深信他的心是一天一天的向她接近，怎麼忽然的發生了一重薄膜呢——在他倆的心房間發生了一重薄膜呢？她想，非快叫他恢復從前的狀態不可，非把才發生出來的薄膜除去不可。

她的一雙皓腕攬在他的頸上了，把有曲線美的兩片紅唇送到他的嘴上來。更使她驚駭的就是他像她前天拒絕他一樣的拒絕她了，他忙把她的臉推開。

「片面的愛是終難成立的！你並不愛我，並不是誠摯的愛我，你是怕我惱你才

十九

愛我的！有何意義？」他很殘酷的對她說了後，他也知道自己所說的話無成立的理由，他也想馬上把她摟抱過來狂吻她。但他覺得就這樣的恢復原狀是太便宜了她，自己也不能得滿足的強烈的快感。就這樣的和她講和，那麼我們的愛只是微溫的愛，我所感到的快感也只是微溫的快感。要我們間的愛促進到騰沸點時，非對她加以相當的虐待不可，要我們所感知的快感達沸騰點，就要她在痛哭中把她緊緊的摟抱著和她接吻。

「你這個人真殘酷！」苔莉還不鬆手，隻手攬著他的頸，把頭枕在他的肩上來。她流淚了。

他望著她流淚，心裡感著一種快感——能使他的五臟鬆懈的快感，同時他覺得自己的心理完全是變態的。但他還更進逼一步。

「你喜歡小胡嗎？」說出了後他才後悔。

「什麼話！」她流著淚站了起來，她想走出去。他也忙站起來捉著她的臂不放她走。她倒在他的胸上哭出聲來了。

「你這個人真殘忍！」她的肩膀不住地抽動。

「絕不要哭！給阿蘭看見了不是個樣子。」他仍坐到床沿上來，她此時被抱在他的懷中了。

「不，不怕她。她早曉得我們的態度不尋常了。」

此時候他覺得苔莉完全是他的了。世界上再沒比坐在他懷中的苔莉可愛了。不一刻他的舌尖上感著一種黏液性的溫滑的感觸。

十九

二十

克歐自和苔莉親吻之後覺得自己完全是個罪人了。

——這是一種偷竊的行為，是一種罪。欲贖此罪，非早對她表示負責任不可，非向她求婚不可！他抱著她在狂吻了一回後低聲的：

「你能不能答應和我結婚？」他誠懇地說了後再和她親了一個吻。

「你有這種勇氣？此時還談不上吧。結婚？全是騙女人的一個公式！這公式是靠不住的。我和你的表兄很尊嚴的舉行過結婚式的。要什麼結婚不結婚？不是一樣麼？我和你更要不到……」她說到這裡不再說了。

「可是我們怕不能這樣的就算個結局。」

「聽之自然吧。真的到了非結婚不可的時候就結婚也使得。」

「……」他更把她緊摟近胸前來。

但是苔莉覺著克歐對她有比接吻以上的要求了，她忙搖了搖頭。

二十

「我們慎重些才好。我們莫太早把純潔的愛破壞了。我們該把它再扶植長了些。」苔莉自己也不知什麼緣故，她總直覺著克歐不是個能在社會上承認她為妻的人。

克歐聽見她的否定的回答忙縮了手回來。他感著自己的雙頰熱得厲害，也覺得自己的這種摸索是太卑鄙。他同時發見了他自己的矛盾了。他一面對苔莉表示愛，一面又瞞著苔莉默許家裡人替他在鄉里向他方面進行婚事。

——故鄉的社會誰都知道，也承認苔莉是白國淳的第三姨太太。謝克歐娶白國淳的第三姨太太做正式夫人了。他像聽見鄉里人這樣的譏笑他。他愈想愈沒有勇氣向她求婚了。

——名譽是不能為戀愛而犧牲的。戀愛固然神聖，但社會上的聲譽比戀愛更神聖！換句話說，男人為自己的將來事業計，就犧牲他的心愛的女性也有所不惜的。誰也不能否定我們倆間的戀愛。但是她背後的確有一個暗影禁止著我和她正式結婚。她是霞兒的母親！她是白國淳的第三姨太太！她不是個處女了！

克歐那晚上和她們共一桌子吃晚飯。他不敢望她們的臉。他尤不敢看苔蘭。有時苔蘭望他一望，他就覺得他和她的一切祕密都給苔蘭曉得了般的，他的雙頰又在發熱。苔莉也很少說話了。她只低下頭去吃飯。她覺得她的頭殼比平時沉重，不容易抬起來。她尤怕看克歐的臉。

秋深了，晚飯後穿著一件襯衣，加上一件單長褂走出來的克歐感著點冷。他低著頭在彎彎曲曲的接續著的幾條暗巷裡走。他像犯了罪——不，他的確犯了罪，意氣消沉的低著頭向前走。

——不該的！燃燒著般的熱愛給這一個接吻打消了。不是給接吻打消了，是給接吻後的反省遏止住了。

他快走到最後的連接著電車路的巷口來了。他遠遠的望見由電車路射進來的燈光，他的精神也稍稍恢復了點。

「喂！克歐！」

克歐忙抬起頭來看，雖然背著光，他認得拍他的肩膀的是個同鄉陳源清。他心裡覺得很對不住這個友人，也很不好意思看見他。

「你到哪裡去？」

「來看你的。」

二十

「我就要到你那邊去的。」

陳源清是省立大學的預科生，住在大學後面的一家宿舍裡。由N街乘電車去只要半個鐘頭，也不要換乘電車。

「那麼到誰的家裡去呢？」陳源清苦笑著說。

克歐本想回折來。但後來一想萬一源清談及那件事，給苔莉聽見了不方便，尤其是今天更不方便。

「我們到G馬路的咖啡店去喝紅茶吧。」

「也好。」

他們便一同走到電車站上來，只等了一刻，一輛電車到來了。吃晚飯時分沒有幾個搭客。他們走進來，各占有了相當面積的席位。才坐下來，車就開行了。

「老謝，劉先生答應了，他一回到家裡就叫他的小姐寄張相片來給你。」

克歐聽了源清這一句話，雖然好奇心給了他一點兒的快感，但一思念到今天下午的犯罪，胸口就痛痛地受了一刺。他敵不住良心的苛責了。他只低著頭微微的勉強一笑想不出什麼話來回答源清。

二十一

電車路兩旁的電柱上的電燈都給一大群的飛蛾包圍著向他們的後面飛過去。

「求婚，求婚。論理只有男向女求婚，沒有女向男求婚的，你算是個特例，不要等到她的相片到來，你也寄一張相片給她吧。」陳源清笑著說。克歐只搖了搖頭。

「要女人方面先寄相片本來是很難做到的。她寄了來，你看了後說不要時，在她是很難堪的事，要受人嘲笑的。不過劉老先生很誇讚他的女兒，他說他相信你一定不會拒絕他的女兒的。並且我也替你做了個強硬的擔保，所以答應叫他的小姐先寄相片來。」源清像在向克歐誇功。

「劉先生什麼時候回鄉里去？」

「還有幾天。教育廳那邊的事交涉定妥了後就動身回去。」

源清完全猜不著克歐的心事，他只當克歐盼望劉小姐的相片早日寄來。

——叫他辭絕劉先生吧。也叫他不要再替我斡旋這一門的婚事吧。真的把婚

二十一

約訂成了時就害己害人——一連害了三個人，但是無論如何想不出謝絕的口實來。並且對這位熱心著為我作成的友人實在不忍使他失望的。真的決絕地謝絕他們時，不但要引起他們對我的懷疑，並且也會減損我們間的友誼。

等到劉小姐的相片寄來時再想個口實把這件婚事擱下去吧，最好是望劉小姐害羞不寄相片來。他坐在源清的身旁低著頭沉思了一會，再抬起頭來望望源清的臉色。他和苔莉間的祕密——今天下午接吻的祕密像給源清曉得了般的。他想向這位友人提一提苔莉的事，表示他對她是很坦白的。

「苔莉也很可憐。她常一個人流淚。」克歐說了後故意的嘆了口氣。但他隨即又覺得自己太可憐了，犯了罪要在朋友面前作偽，太可憐了。幸得是晚間，電車裡的電燈也不很亮，源清沒有留意到他的臉紅。

「她的確太可憐了。久留在這裡也不好，但回鄉里去恐怕又有風波。一家裡怎麼能容得下三四個女人！國淳也太無責任了。」

「他近來很少信來了。家裡有了女人，像把苔莉忘了。苔莉說只要他按期把生活費寄來，他不和她同住也算了。能給一筆資金她做生意更好。」

「女人有什麼生意好做？」

「她說，她想開一間小小的雜貨店，帶她的妹妹和女兒度日。她的妹妹又會替人裁縫，也有相當的收入。」

「國淳前星期來了封信給我。他要我托你帶她回鄉里去。他說，苔莉回去和他家裡幾個女人不同住，另外分居也使得。是的，我忘記告知你了，他對劉小姐的事也很替你出力呢。他叫他的大太太去向劉太太說，稱讚你如何好，如何好。」

克歐聽見了這些話，心裡更覺難過，但他此時只能搖搖頭微笑。

「看她無論如何都不情願回鄉里去。很堅決的。」

「那以後的問題不是我們調停人所能解決的了。」

——我或者就是解決這個難問題的人，只要向社會說一句話——宣布和她結婚。不過這樣的解決太便宜了國淳了。

二十一

二十二

劉老先生是N縣中等商業學校的校長。他是個老秀才，沒有什麼商學的知識。因為他做這個學校的校長有七八年了，在縣裡的聲望也還好，以後進的商科專門畢業生又都是他的門下生，所以得保持他的校長的位置。克歐在N縣的社會上本有點虛名，聽說明年就可在商科大學畢業，劉老先生很想克歐畢業後回縣裡去幫他辦學，做甲種商業學校的教務長。劉老先生因為學校的事件每年要到T市來幾次和教育廳接洽。他認識了克歐，覺得克歐的人才外貌都還好，所以託了他的學生陳源清替他的小姐做媒。明年劉小姐也可以在縣立第三女子中學畢業。在N縣，劉小姐可以說是數一數二的才貌兼備的女性了。

源清初次把劉先生的意思告知克歐是在克歐未赴南洋修學旅行以前。當時克歐沒有完全答應，也沒有完全拒絕，他的最初的態度就有點曖昧。他只說等由南洋回來後再談。那時候他的心裡也有點活動，因為他在鄉里時就聽見劉小姐有相當的美名。並且那時候他也沒有意料到他和苔莉間的愛會深進至這樣的程度。

由南洋才回來T市沒有搬到苔莉家中之前，源清伴著劉先生待到T江酒店來訪他。這時候恰好劉先生因為學校的事件來T市。他看見劉先生的誠懇的態度，並且是自己從前的受業師，當然很難推卻，當時胡亂附加了幾個不重要的條件就答應了。要劉小姐寄相片來也是這時候提出的條件中之一。他意料不到劉老先生很爽快的容納了他的一切條件。

一方面思念著苔莉，一方面又向劉小姐進行婚事，克歐覺得自己的矛盾，同時良心上也發生出一種痛苦來。聽說劉小姐長得很標緻，但到底未曾會過面，無從生出思慕來。苔莉近在咫尺，又是舊識，正在性的孤寂生活中的克歐，每到苔莉那邊去談談就得了不少的安慰及快感。自那天探病回來對苔莉的愛慕愈深。並且苔莉的皓腕一任他撫摩之後，每日沉醉著想和苔莉親近之心愈切，想和她親近多享受些這種神祕的快感。

克歐從咖啡店別了源清回來苔莉家裡時已經十一點半鐘了。提著一盞小洋燈出來開門迎他的就是苔莉。

「阿蘭、霞兒都睡了?」克歐望見換上了睡衣的苔莉，並且在這黑夜裡只有她和他兩個人相對，他站在她面前就感著一種刺激。

「早睡了。」她像留意到今天下午的事很不好意思的只管低著頭。她的可憐姿態又把他的心挑動了。

「你就要睡了?」兩個人同上到廳前來了。

「不，有什麼事?」她雖然望了望他的臉，但總不見平時她所特有的微笑在她臉上浮出來。她的眉頭緊鎖著。

「不到我房裡去坐坐麼?」

「……」她看了看他的臉就低下頭去不說話。

「怎麼樣?你要睡時我也不勉強你。」他再笑著說。

「不，我還不得睡。有件小衣服沒有縫成功。」

「那麼，拿到我房裡來縫。霞兒一時不會就醒吧，我喝了點酒。一點睡不下去，很寂寞的。你過來談談吧。」

苔莉只點了點頭。

二十二

——因為有了今天的記憶，她就變成了這樣憂鬱的人了麼？那麼她在後悔了，後悔和我親吻了？克歐一面想，一面先回到自己房裡來。

他回到房裡後，開亮了電燈，就換衣服。換了衣服喝了一盅茶後，再坐等了一會還不見苔莉進來。他不得已再走出來看時，她一個人凝視著臺上的小燈痴站在廳前。

「不進來談談麼？」

「唉……」她心裡像有遲疑不能決的事。她還不動身。

「要來快點來！」他的態度像有點忍耐不住了。

「……」她像怕他發怒，忙移步向他房裡來。

克歐看見她來了，先退回房裡來在床上躺下去。她只站在近門首的臺旁邊不走近他。

——怎麼只半天工夫她完全變了！自經我的接吻的洗禮後，她就變為馴服的羔羊了。他望著她的憂鬱的姿態愈覺得動人憐愛。淺紅色的睡衣短得掩不住純白的褲腰，短袖口僅能及時。曾經他多次撫摩的一雙皓腕在電光下反射著，愈見得潔白可愛。

「過來坐吧。」

她點了點頭，走過來坐在床沿上，只向他微微的一笑，一句話不說。她像下了決心般的，她再不畏避他了。她想遲早總是有這樣的一幕。管他以後對自己負責不負責，就現在的狀態論，自己是在沙漠中旅行的人，他是在沙漠中不容易發見的清泉了。明知以後非離開它不可，但現在不能不盡情的一飲，消消自己的奇渴。

「今天很對不起你了，對你很失禮的。」

「不，我對不起你了。有一點不覺得什麼。完全是我累了你，使你心裡不舒服。」她低著頭很正經的說。

「那麼你不會把今天的事告訴人？」他雖說是故意和她說笑，但同時也覺得心裡有點卑怯。

「我是靠得住的，不知道你怎麼樣？」她忽然的笑了。

過了一會，她繼續著說：

「但是我們的關係以後太深進了時，恐怕瞞不住注意我們的旁人吧。你怕人知

二十二

道？」

他硬著膽子搖了搖頭。他本來就喝了點酒，興奮極了。他坐起來把她摟抱住了。他和她像今天下午一樣的互相擁抱著接吻——狂熱的接吻。

「我們同到什麼地方旅行去好麼？」

她只點點頭。

「那麼，到S港去好麼？到旅館裡時共住一個房子的。」

「我一點不要緊。只怕你以後要後悔。」

「到了這時候還有什麼話說。我本想保持著我們的純潔的戀愛。純潔的戀愛以接吻為最高點。但是現在……」

「純潔的戀愛是騙中學生的話。所謂戀愛是由兩方的相互的同情和肉感構成的。」

「那麼……」

「討厭！」她忙推開他。

他真夢想不到他會這樣快的陷落下去。

她在他房裡一直到午前的二點鐘前後才出去。

「那麼，明天晚上！」他望著她微笑著輕輕地回她的房裡去了。

二十二

二十三

克歐第二天起來時已經響過了九點了。苔蘭到裁縫匠家裡去了，只剩苔莉母女在廚房裡。她聽見他起來了，忙走出來到他房裡去取臉盆和漱盂。

「今天不上學？」她雙頰緋紅的低聲的問他。

「我打算請假幾天。」他也笑著說。

「為什麼？」她睜圓她的大眼問他。

「捨不得你。」他笑著說，「才成婚呢，就能離開麼？」他笑著過來把她摟抱了一刻。

「啊啦！不得了！你晚上不是在家麼？」她滿臉緋紅的。

「阿蘭在家裡總不方便的。」

「……」她自從一身的祕密通給克歐曉得了後，比平時更覺溫柔了。她對克歐的要求像始終取無抵抗主義般的。因為他的新鮮的青春之力——強烈的肉的刺激在

二十三

她身上引起了比國淳給她的更強烈更美滿的快感。她不單精神全受著他的支配，現在生理上她也是他的奴隸了。

克歐一個星期間不上課了。苔蘭每天下午回來只當克歐是比她先回來的。他一星期間不曾外出一步，整天的昵就著苔莉的身旁。苔莉除了背著霞兒出去買菜外也足不出戶的。

「我們到什麼地方度蜜月去吧！」克歐一天這樣向苔莉說笑。因為他覺得在苔莉的家裡總不能盡情的歡娛。

「為什麼？在家裡不是一樣麼？」

「但是每天早晨起來看不見你，我總覺得是美中不足。」

「真的，我也這樣的想。苔蘭下星期因事回母親那邊去住一星期，你就到那邊睡吧。」苔莉姐妹和阿霞是同在裡面房裡的一張床上睡的。

「但是只剩我們倆，左側右面的鄰人不會猜疑我們麼？」

「你怕人猜疑？他們早就有閒話了。苔蘭親耳聽見下街井旁的老婦人說我乘丈夫不在家偷漢子呢。」

「真的？」克歐聽見這句話心裡已經萬分羞恥了。看見苔莉的泰然的態度，更覺羞愧得難受。

——那麼我是個姦夫了！她呢？她對她的丈夫尚有理直氣壯的主張！我？有什麼面子去見表兄呢！我做了她的犧牲者了！到這時候還有什麼話可說！我們只有享樂，飲鴆般的享樂！我趁早覺悟吧！和她說明白，得她的同意後分開手吧！但是現在的我，沉醉於她的肉中的我捨了她還能生存麼？還有人生的意義麼？我在精神上肉體上都是屬於她的了。

「你在想什麼喲？」她走過來坐在他的懷裡。

「沒有什麼。」他只搖搖頭。

「你怕他們說你的閒話？」她問了後臉上顯出不舒服的樣子。他馬上直覺著她是在希望社會能夠早點知道他和她的關係。並且他知道她看見他怕社會的非難就懷疑他是對她要求不負責任的享樂。

「怕什麼！」他勉強支持起勇氣來。「就死我也不怕，還怕什麼？」

一接觸她的肉，他又陷於沉醉的狀態中了。

二十三

她雖然有點討厭他的頻繁的要求，但仍然不忍使他臉上下不去，她對他唯有忍從。

二十四

他們倆在愛慾的海中沉溺了兩個多月了。他有時驚醒來時，忙把頭伸出到水面來時，覺得四圍都是渺渺茫茫的，不單不見一個人一艘船，連一片陸地都看不見。他覺得自己的前途只有黑暗。非再沉溺下去死在這海裡不可了。她呢？她像不知道這愛慾的海底是個無窮深的海淵，她不知不久就要沉溺下去死在這深淵裡面，她只攀攬著他的臂膀，她迷信他是能拯救她的人。她只裸體的攀附在他身上流著淚和他接吻！

——她先掉進去的！我是為救她而沉溺的！可惡的還是她，誘惑我的還是她！才把她摟抱到懷裡來和她狂熱的接吻。忽然的又恨起她來了，忙坐起來緊握著鐵拳亂捶她。

「你恨我時就讓你捶吧。捶到你的憤恨平復。你只不要棄了我，不理我。」

她流著淚緊緊地貼靠著他的胸膛。

二十四

「恨你，真恨你！」他拚命的捶。捶了後又和她親吻。

「恨我什麼事？」她流著淚問。

「恨你不是個處女了！」

「……」她聽見了這一句，臉色灰暗的凝視他。她像受了不少的驚恐，她像聽見他給她一個比死刑還要殘酷的一種宣告。

「你的處女美怎麼先給他奪去了呢？」他再恨恨的騎在她身上亂捶她。

「對不住你了！真的對不住你了！你要我做什麼事我都可以替你做！你的任何種的要求我都可以容納。只有這一件是我無力挽回的。望你恕了我吧。只望你恕我這一點！你的要求——比阿霞的爸爸還要深刻的要求——我沒有拒絕過一回。只有這一件，望你恕了我吧。」苔莉痛哭起來了。

——只要你是個處女時，就拒絕我的要求，我也還是愛你的。他望著她的憔悴的姿態愈想加以蹂躪。她比從前消瘦得多了。但他的衝動還是一樣的強烈。不單和兩個月以前一樣的強烈，比兩個月以前，要求也更頻繁。蹂躪的方法也更殘酷——使她感著一種恥辱的殘酷，因為他，她近這一個月來沒有一晚上不失眠，她覺得容許他的一切要求就是一種痛苦。但她不能不忍從他，忍耐著這種痛苦。她只能在這種痛苦中求快感了。

有一次苔莉在酣夢中給克歐叫醒來。

「你還沒有睡？」

「無論如何睡不著。」

她雖有點不耐煩，但不敢拒絕他的要求。她覺得接近著自己的臉的克歐今晚上特別的醜陋，她忙側過臉去。她只貪圖自己的快感。但她所感知的唯有痛苦和可咒詛的疲倦。她睡在他懷裡不斷地呻吟。

「你討厭我了？是不是？」他看見自己的熱烈的動作不得同等的反應，就這樣地質問她。

「為什麼？我不懂你的話。」她蹙著眉愈感著可咒詛的痛苦和疲勞。

「要怎麼樣才好？你要我怎麼樣，你說出來，我聽從你就是了。」她覺得克歐近來對她的熱情也不比從前了。除了性的要求外，沒有向自己說過一句溫柔話，也沒有和自己籌商過他們的將來。自己的健康只兩個月間為他完全犧牲了。但她還勉強

二十四

支持著拚命的緊抱著他，伸過嘴來緊咬他的下唇。但她很羞恥的覺得這些舉動全是虛偽的。

「好好的哭什麼？」他由她的身旁離開時叱問她。

「沒有什麼。」她只扯著被角揩淚。

「你討厭我了。思念起他來了吧！」他冷笑著說。

「你這個人真殘忍！你到底要我怎麼樣？」她還沒有恢復她的裝束再鑽進他的懷裡來。

「那麼，你思念小胡，是不是？」身心都疲倦極了的克歐觸著苔莉，發生一種厭倦。但她緊摟他，伏在他的胸部痛哭。

二十五

到了嚴冬的時分了，苔莉和克歐像醉人般的沉溺在愛慾的海中也快要滿三週月了。苔莉近來發生了一種驚恐，就是每天早上克歐外出時，只給她一個形式的接吻，而不像從前的熱烈了。早晨八點鐘出去，直到薄暮時分才回來，也不像和兩個多月前一樣回來得早了。但她所受的蹂躪的痛苦卻有加無滅。克歐也覺得苔莉和自己接近的態度是很不自然的，覺得她並不是愛他，完全是忍從他。想到兩人的將來，克歐也找不出個完滿的解決方法來。他覺得盡這個樣子混，終不是個方法。他也未嘗不知他現在所該走的只有兩條路——第一決絕的和她分手，第二就是早些宣布和她正式的結婚。但現在的他是站在分歧點上，對這兩條路都沒有迎上去的勇氣。的確，他只說他沒有勇氣，他並不肯定他自己是卑怯。

受著衝動的驅迫，有一天克歐很早的由學校回來和她親近。他以為遲了回去，苔蘭回來了時是很不方便的。可是事實竟和他所期待的相反。開門迎他的不是苔

二十五

莉，是苔蘭。平時他進來總可以在廳前發見笑吟吟的她，今天卻看不見她的影子。

「姊姊呢？」他笑著問苔蘭。

「在房裡。」平時看見克歐回來也微笑著迎他的苔蘭，今天卻用驚疑的眼睛望他。

他走向她的房裡來。他想苔蘭若不跟進來時，他就擁抱她了。苔蘭果然不跟了進來，但叫他駭了一驚的就是苔莉坐在床前淌眼淚。霞兒酣睡在床裡面。他想，莫非是阿霞病了麼，看她的酣睡的樣子，又不是有病的人。

「你為什麼事傷心？」克歐湊近她，但她伸出隻手來拒絕他，不許他觸著她的臉。

「我想，我沒有做什麼對你不起的事，……」克歐微笑著問她。

苔莉只是不理他。他就在她對面的一把椅子上坐下來，兩個人對坐著沉默了一會。

「你當我是個什麼樣的人？」她用手帕把眼淚揩乾了後問他。

「我不懂你的話是什麼意思？」

「我問你當我是個什麼樣的人！？」苔莉有點氣惱的樣子。

「……」克歐真的不知道她為什麼事氣惱，此時只痴望著她，說不出話來。

沉默在兩人間又繼續了許久。

「受人的衝動的犧牲者不單是娼樓中的女性了！」苔莉像對自己說了後深深地嘆了一口氣。

克歐聽她說了這一句，禁不住臉紅耳熱。他覺得自己實在沒有誠懇的對她負責的決心。想不出什麼話來勸慰她，他只有失望地回到自己房裡來。

他回到房裡，在書臺上發見了一張短籤。

奉訪不遇，甚歉。劉老先生於昨日來T市。劉小姐的相片也帶來了。

明日請來敝寓一敘。

弟源清留字

克歐看了陳源清的留籤後知道苔莉一個人淌眼淚的原因了。他忙跑到廚房裡來問苔蘭，陳源清來時對她的姊姊說了些什麼話。

二十五

「陳先生說，你快要定婚了。」

——糟了，糟了！我該預早囑源清不要告訴苔莉知道的。但是那就要引起源清的猜疑，這也不是個方法。總之我不該再站在分歧點上遲疑，把劉家的婚事謝絕吧。早點宣市和她結婚。就事實論，她不能離開我而生存，我也不忍把她的一身——曾經我愛撫過來的她讓給他人了！我當始終愛護她！

二十六

第二天晚上苔莉枕著克歐的腕，在他身旁休憩的時候，他感著一種可咒詛的疲倦。她幾次向他要求親吻，他雖沒有拒絕她，但他總覺得自己的微溫的唇像接觸著冰冷的大理石般的。

「你哭什麼？」克歐聽見苔莉啜泣的聲音忙翻過來問她。

「我也不知道為什麼緣故。我近來覺得很寂寞的。一感到寂寞就禁不住流淚。在這麼大的世界中像沒有人理我般的。」她的雙肩更抽動得厲害。

「苔莉，你又在說傻話了！我不是在這裡麼？快不要哭！」

「你的身雖然在我旁邊，但你的心早離開我了吧。」

「她的相片不是讓你撕掉了麼？你還不能相信我的心？我不是對你說過了，因為要瞞源清，怕他猜疑我們，所以敷衍的答應了叫劉先生把他的女兒的相片寄了來。這完全是敷衍他們，不叫他們對我們生猜疑的。我沒有見過劉小姐，愛從何發

二十六

生呢？你看我是個能夠和從無一面之緣的女人結婚的人麼？」

「那麼你如何的答覆了陳先生呢？」

「我今天對他說，單看相片看不出好歪來，最好請劉小姐出來T市會一會而後再行議婚。像這樣的難題在深閨處女是很難做到的。這不是和完全拒絕了她一樣呢？」克歐說了後感著自己的雙頰發熱，因為他在對苔莉說謊。

他今天一早吃了飯，就跑到陳源清的寓裡來。單看相片，他覺得劉小姐是個風致很清麗的美人，她的態度雖有點過於莊嚴，但這是坐在攝影機前免不了的態度。最使他對那張相片——給苔莉撕掉了的相片——難忘情的就是在清麗的風致中，他還發見了一種高不可攀的處女所固有的純潔美——在她的樸質的女學生服裝中潛伏著的純潔美，在苔莉的華麗的服裝中絕不能發見的純潔美。他覺得睡在自己懷中的苔莉雖豔而不清，雖美麗而不莊嚴，他想到這一點很失悔，不該麻麻糊糊的就和苔莉混成一塊的。她是國淳的第三個姨太太。處女美早給國淳蹂躪了的她，此後就為我的正式配偶麼？要清麗如劉小姐的才算是我的正式的配偶！但是，喪失了童貞的我再無娶處女的資格了吧。

父母聽見劉家的婚事像異常歡喜，寫信來表示萬分的贊成。父親在鄉里是個比較多認識幾個字的農民，夢想不到自己的兒子能夠娶劉校長的小姐。在父親的意思，能夠和劉家結親，就多費點錢，變賣幾畝田亦所不惜。

克歐為這件婚事一個人苦悶了許久。他覺得自己並不是不愛苔莉。他也知道離開了他的苔莉是很可憐。但利己主義的克歐終覺得組織家庭是不該在黑影中舉行的。自己的正式之妻，是不該娶喪失了處女之貞的女性。他是個怯懦者——虛榮心很強的怯懦者。他不能捨去他的故鄉，沒有伴著苔莉雙雙的逃到無人追問他倆的地方去的勇氣，虛榮心嗾使他羨慕著日後和劉小姐舉行莊嚴的結婚式，他期望著日後村人對他和劉小姐的禮讚——禮讚和劉小姐是村中的 King 和 Queen。

他終於把自己的一張新照的相片和一個金指環偷偷地交給陳源清，托他轉交劉老先生作定婚的紀念品。

把相片交給了陳源清後，到下午的三點多鐘源清跑到商科大學來找他。

源清一見面就告知他，劉老先生接到他的定婚的相片和金指環時萬分的歡喜，說了許多感激克歐的話，並且要請克歐到他旅館裡去吃飯。克歐聽見劉先生的誠懇

二十六

的態度，對自己深信不疑的態度——深信他是個有為的青年，以唯一的愛女相托而不疑的態度；他愈覺自己是個偽善者了，同時也愈覺得自己卑劣。

他會見劉先生了。吃飯的時候，他再聽見這位老先生說了許多迂腐的但是很誠摯的話，什麼「蒙君厚愛，小女得所托矣」，什麼「不獨老夫銘感萬分，即小女亦愛戴靡極」等等的話。在源清聽起來覺得是迂腐萬分，但在今晚上的克歐聽起來，只覺得這位老先生的態度的誠摯。他覺得自己的罪愈犯愈深了。

二十七

吃了晚飯和源清向劉先生道謝了後同走出來。電車到源清的宿舍前兩個人分手了後，坐在電車裡的克歐把思想力又運用到苔莉方面來了。

——太對不起她了！你始終既沒有和她結婚的誠意，你就該早點離開她，不該再貪戀她的肉。但是未和劉小姐成婚之前你能離開她嗎？否，這是萬不可能的，一晚上不眠就她時必定寂寞得難堪。恐怕有了劉小姐之後也不能離開她吧。在肉的方面我是做了她的奴隸了。作算和劉小姐結了婚，恐怕不能由劉小姐得這種歡樂吧。矛盾！完全是一種可恥的矛盾！真的和劉小姐結了婚時，那你就殺了兩個無辜的女性了——在精神上殺了兩個女性了。那時候的劉小姐恐怕比現在的苔莉還要可憐吧！我不該這樣胡亂的就和劉小姐訂婚的。由這樣想來，你還是愛苔莉的，你不過想把劉小姐來做你的裝飾品以掩護你的罪惡。那麼做你的犧牲品的不是苔莉，卻是劉小姐了。

二十七

——你怕要蹈國淳的覆轍了吧！

——誰是勝利者呢？苔莉還是劉小姐？

——今天是自己和劉小姐的婚約成立紀念日，但今晚上對苔莉怕難放棄而不向她求擁抱。晚間離開了她時就像浸在冰窖裡般的。

「恭喜，恭喜！未婚妻的相片帶回來了麼？」苔莉改變了昨天的愁容，接著他時就微笑著這樣的問他。但神經銳敏的克歐直覺著苔莉的歡笑是很不自然的。

「瞎說！誰和她訂婚！不過不便使他們難為情，叫她把相片寄來看看罷了。」

「不必撒謊！不必瞞我！我絕不會向你為難的，你還是老老實實地把你的訂婚的經過告知我吧！快些！快把你的未婚妻的相片拿出來，拿出來給我看！」苔莉說到最後的一句，聲音顫動得厲害，幾乎說不下去了。

霞兒睡了，苔蘭也跟了她的姊姊走進克歐的房裡來。她和她的姊姊一樣的熱望著看劉小姐的相片，但她想看那張相片的動機完全和她姊姊的不同。

克歐笑著把一張六寸的威洛斯紙的相片取了出來，她們姊妹就在電燈下緊擠著看。

「啊！真是個美人！」苔莉很誇張的說。但由克歐聽來，她的話中就有不少嫉妒的分子。

「阿蘭，你的意思怎麼樣？算個美人麼？」克歐一面除外衣一面問苔蘭。

但苔蘭不理他，她像看不起克歐般的。

「姊，太瘦削了，是不是？身材還將就過得去，臉兒太尖削了些。」苔蘭看了一會相片低聲的向她的姊姊說。

「你莫瞎評！謝先生聽見你評他的未婚妻不好時要發怒的。」苔莉說了後很勉強的狂笑起來。苔蘭也跟著微微的一笑。克歐知道她，若非她的妹妹站在她面前，早就流下淚來了。他暗地裡愈覺得自己罪重。

苔蘭先回裡面房裡去睡了。苔莉還在克歐的書案前痴站了一會，她覺得有許多話要向他說，但不知道從那一句說起。她忽然掉下眼淚來了，忙移步向外面去。克歐忙跑過來捉著她的臂，不讓她出去。

「怎麼樣？今晚上就不理我了麼？」

「有了未婚妻的人還要我這樣不幸的女人麼？」她的淚珠更滴得多了。

二十七

「你說些什麼？誰和她訂了婚約？他們把相片送了來，不把它領下來使他們太下不去吧。我真的和她訂了婚時，還把她的相片取出來給你看麼？」

他一面說，一面和平時一樣的把她摟抱過來。他看見她的可憐的態度愈想加以強烈蹂躪。她對他原取無抵抗的態度的。她覺得今晚上勉強的拒絕他也沒有多大的意義和價值了。結局只有減小兩人間的親和力。她還是忍從他的一切的要求。

「你真的沒有和她訂婚的意思，就讓我把那張相片撕掉！」

他慨然的答應了她的要求，她的氣憤也稍為平復了。

「你哭什麼？」感著一種可厭鄙的疲倦的他，聽見她的哭音覺得異常的討厭。

「克歐！」她鑽進他的懷裡痛哭起來了。

「什麼事！？你到底為什麼事傷心！？」他叱問她。

「你能恢復你從前對我的心麼？」

「我不是說過了麼？我始終是愛你的！」

「我不信我能把你的心整部的占領。」她凝視了他一會後搖了搖頭，她的眼淚再流出來了。

「哭什麼?你就把我的心整部的占領去吧。」

「我今生怕沒有這樣的幸福了。克歐。那天我們同乘馬車赴××公司買東西的時候，我們並肩的坐著。你還替我抱霞兒。我那時候就想，如果社會都公認你是我的丈夫時，我是何等幸福的女人喲!」她從枕畔拾起手帕來揩眼淚，同時嘆了口氣。

這時候克歐重新興奮起來，覺得苔莉——腮邊垂著淚珠的苔莉，更覺嬌媚了，他翻過來再把她緊緊的擁抱著，「苔莉，我始終愛護你，我就做你的終身的保護者怎麼樣?」

她也伸出一雙皓腕來絡著克歐的肩膀，顫聲的說，「謝你了!像我這樣沒有一點長所的女人，你如果不討厭時，就讓我跟著你去吧。」她說了後更湊近他。

二十七

二十八

冬盡春來，克歐快要畢業了。他和劉小姐的婚約也早成立了，只待他在商科大學得了學位後就回鄉里去和劉小姐成親。

關於結婚的準備，家裡常常有信來徵求克歐的意見。他每次接到這類的信都很祕密地不敢給苔莉看見。幸得信是寄至大學轉交的，克歐帶回來就封鎖在箱裡，苔莉無從知道。他雖然不給苔莉知道，但每次接到家信，對苔莉就很覺赧然的。

——自己近半年來的安逸的生活可以說全出苔莉之賜。住在學校裡，住在外面的宿舍裡那裡有這樣舒服的生活！飲食衣履沒有一件不替我關心。一般做妻的人對她的丈夫都沒有這樣的周全吧。單這一點，我已經萬分對不住她了！何況，何況她還安慰了我的性的寂寞！單就這一點論，她可以說是我的大功臣了，幫助我成就學業的大功臣了。去年的一年中，在性的煩悶中的我沒有一時一刻靜坐在書案前翻過書來。若沒有苔莉，我早墮落了，跟著一班無聊的同學向商賣性的女性買歡了。

二十八

幸得她安慰了我的性的寂寞，和她度平和的小家庭生活，她是我的恩人！她施給我的恩惠不可謂不大了，而她所希望於我的報酬僅僅一個虛名——希望我向社會承認她是我的妻。像這麼一個廉價的報酬，何以還吝不給她呢？那麼你完全是個利己主義者了，忘恩負義的利己主義者了，你只當她是件物品，要的時候拿過來，不要的時候丟在一邊。你若不正式的向社會承認她為妻，那你的罪惡就比國淳的還重大了。

克歐每思念到劉小姐的婚約就這樣的苦悶起來。但終沒有決斷力和勇氣取消劉小姐的婚約。他總想能發見一個方法——一面瞞著苔莉和劉小姐結婚，一面瞞著劉小姐和苔莉繼續關係的方法。但他覺得對付劉小姐容易，對付苔莉難了。

克歐的畢業論文提出去了。論文裡面的幾個統計表都是成於苔莉之手。看見她在熱烈地希望自己的成名，克歐幾次快要流淚了——感極流淚了。

——像這樣區區的報酬不應再吝而不給她了。對社會承認她是自己的妻吧。

只因一個偏見——苔莉萬趕不上劉小姐的純潔高雅的偏見，終在他和她之間築起了一重不易剷除的障礙。苔莉也覺得近來的克歐對她有點貳心了，也取了嚴密的監督的態度。

三月一日克歐把畢業文憑領出來了。他前星期就接到了由家裡匯來的錢，準備在這幾天內回鄉里去一趟。他雖還沒有和劉小姐結婚的決心，但他覺悟到此次回去是免不掉有此一舉的。

「你在這幾天內就要回鄉下去，是不是？」苔莉接著他就忙著問這一句。

「想回去看看老父母。我二年多沒有回去了。不過動身的日期還沒有定。」

「你怎麼不告知我？」她怨懟著說。

「我還沒有十分決定，怎麼告訴你呢？」

「早決定了吧，早通知你家裡了吧。」她冷笑著說。

克歐禁不住雙頰緋紅的，他知道她又接到國淳的報告了。

「我只回去看一看，要不到一個月就回T市來的。」

「我也跟你去，跟你回N縣看霞兒的爸爸去。他寫了信來，要我趁這個機會同你一路回N縣去。錯過了這個機會，再難得第二次的機會了。」

「……」克歐只呆望著她，一句話都說不出來了。

二十八

「你那一天動身，要先告訴我，我也得預先清理清理行裝。」

「你到N縣去後不再回來T市了麼？」克歐著急的問她。

「你呢？」苔莉笑著反問他。

「我不是說過了麼？要不到一個月就回來T市的。」

「怕有人不放你回來吧。算了，各人走各人的路吧！為霞兒計，我還是回霞兒的爸爸那邊去。到處都是一樣的，沒有真心為我……」苔莉說到這裡說不下去了。兩行清淚忍不住的流下來。

二十九

——自己是不能不回N縣去一趟。她要跟了來，那麼我的一切祕密要通給她知道了。萬一她賭氣的回到國淳那邊去，那麼我們倆的祕密又要給國淳知道了。克歐覺得這個問題真難解決，他唯有恨起苔莉來，他總覺得苔莉討厭，故意和他為難。他想，劉小姐的婚約無論如何不能不回去敷衍敷衍。但讓苔莉回到國淳那邊去又覺得自己是受種侮辱。苔莉的身體雖經國淳之手曾有一次的墮落，但經自己的手淨化之後無論如何再難把她讓給他人，尤不能交回國淳！她把她和國淳間的祕密通告知我了。我倆間的祕密再能讓她告知國淳麼？

克歐想來想去，他發見他自己的意識的矛盾了。他很看不起自己，因為自己還是和國淳一樣的對女性沒有誠意的人。他深思了一回就想把自己踐踏成粉碎。

苔莉近來的低氣壓拒絕了他向她的親暱。每天看見她的憂鬱可憐的態度又引起了他的同情和憐愛。他早就想清理行裝，至少他總想把他的書籍整理，但在她的低

二十九

氣壓之下，他全無勇氣著手。

疏隔了幾天的他和她都感著寂寞，都感著一種苦悶一到夜晚上感著加倍的寂寞和苦悶。在苔莉以為克歐總會來昵就她，向她求和。克歐也很想向她要求寂寞的安慰，但怕她的意外的拒絕傷害了自己的尊嚴，所以也不肯先向她開口。

他們倆間的低氣壓繼續了一星期餘。一天的早晨他起來時已經九點多鐘了。苔蘭背了霞兒上街買菜去了。他站在檐前望著，默默的替他端洗漱水出來的她的可憐的姿態，心裡覺得萬分對她不住。他很想向她笑一笑，但同時感著自己想向她笑一笑的動機是很可恥。為維持自己的尊嚴起見，忙忍著笑，只望了她一望。她給他一望忙低下頭去。他覺得她的臉色更蒼白了，雙頰也瘦削了些。

「高先生那邊有信片來了。他說，近來到了很多新式的貨樣，K商店要我們去看。他要你星期日那天到他那邊去。」

高先生也是克歐和國淳的一個同鄉。在Y市小學校當教員。K商店是Y市頂有名的綢緞布匹店。高先生算是一個小小股東。國淳還在T市時他們一家的衣裳是由高先生介紹給K商店包辦的。高先生也是個風流不拘的人，除了故鄉的太太之外在

Y市還祕密地蓄了一個姨太太。他和國淳是志同道合的朋友，所以他的祕密只有國淳和苔莉知道。現在克歐也知道了。

國淳還在T市時，高先生當然常過來玩，國淳回鄉里去後，他更頻繁的到苔莉家裡來。據苔莉最初的推測，高先生是為懸想苔蘭而來的，但到後來又覺得他對自己也懷有相當的奢望。聰明的苔莉絕不至受高先生的蠱惑的。

自克歐住在苔莉家裡後，高先生就罕得到她那邊來了。

「謝先生是不是想向小喬求婚？」有一次克歐上學去後，高先生跑了來笑著問苔莉。

「說起來有點像有這種意思。到後來托我替他作媒也說不定。」苔莉為自己避嫌疑起見不能不湊著高先生說起笑來。

「小喬方面的進行未成功之前，大喬先給他釣上手了就不得了。哈，哈，哈！」

給他這一笑，苔莉禁不住臉紅起來。

「討厭的高先生！我不要緊。但謝先生的名譽是要緊的。你這個人就喜歡瞎開口！」她笑惱著說。

「我說笑的，我說笑的。」高先生忙取消剛才說的話。

克歐和苔莉以為他們的祕密除了他倆之外是無人知道的。他倆並沒有留意到他們間的關係比夫妻關係還要深刻了。他們倆當第三者的面前雖然不說一句話，但他們倆的似自然而非自然的態度是難逃第三者的冷靜的觀察。苔蘭不必說，N街的人們都曉得她和克歐的醜關係了，高先生也略知道了他倆間的態度不尋常。

三十

克歐給苔莉這一問才想到她前兩星期曾要求他伴她到Y市去做兩套衣裙的事來了。

「你從前是一個人去過來的，你就一個人去吧。」

「……」苔莉低下頭去，只一瞬間由她的一雙眼眶裡流出兩行清淚來了。

克歐還沒有得到苔莉的性的安慰之前，她常到Y市去，只抱著霞兒到Y市去，引起了克歐的嫉妒和猜疑。苔莉回來後他就半像說笑半像毒罵的說了許多苔莉聽見難堪的，同時又會使她生出一種快感來的話。

他終於達到了目的了，她沒有一晚不在他的懷抱中了。

「你現在相信我沒有外遇了吧！」她媚笑著向他說。

「……」他只點了點首。

「我以後絕不離開你了！絕不離開你一個人到什麼地方去了！」

三十

克歐看見她流淚，就聯想到她曾說過這句話來。他覺得此時候的苔莉頂可憐也頂可愛的了。他趁這個機會忙走近她把她摟抱住了。

到了星期日他終難拒絕她的要求，伴著她和霞兒到Y市來了。他們最先到高先生的家裡來，打算在他家裡吃了中飯後才到K商店去定製衣裙。

高先生很歡迎他們，不，他是專為歡迎苔莉才帶他們到他家裡來。始終向苔莉微笑著的高先生的態度引起了克歐的厭惡。他只坐了一刻，說要到一個朋友那邊去一刻就回來。同時他覺得自己是很卑怯的，這種和苔莉疏遠的表示完全是由卑怯的動機發生出來的。其實這種和苔莉疏遠的表示也難打消高先生對他倆的猜疑，結果只叫苔莉受一二小時的痛苦罷了。但他知道高先生是在希望著他給他向她說話的機會。他很決意的走出來是因為對苔莉有深深的信用了。

——那個高鬍子一定對她有不妥當的表示。但我深信苔莉定會拒絕他的一切要求的。不過我不該這樣卑怯的不保護她。我是她的唯一的保護者了。

我該快點向社會宣言對她負責。承認她是我的妻！克歐從高鬍子的家裡走出來後在街路上一面走，一面想，也覺得自己是世界中頂可憐頂無恥的人了。

——她最初的態度也太曖昧了。她若先向我提出條件——要我承認她為妻的條件——時，我或不至犯這種罪，但她始終是默默地不表示態度或希望。

問她是不是感著性的寂寞，她就點頭說有點兒。那麼我可以安慰你麼？她只說了「謝謝」兩個字。我們就借了「戀愛」的招牌深深地陷落下去了。到後來不知誰安慰誰的性的寂寞，也不知道誰是誰的犧牲者了。一個人該為為自己犧牲的人犧牲一切的！現在的問題是我該為她犧牲呢，還是她該為我犧牲？

我們倆若就這樣的無條件的分手，那就是她做了我的犧牲者了。自己也是在這樣的希望。為自己的前程計，為自己的社會地位計，不能不犧牲她了。為避免社會的惡評計，為滿足父母的希望計，更不能不犧牲她了。若把自己的像旭日初昇的前途犧牲，喪失了社會上的地位，那就等於自殺！想來想去，得了一個結論就是犧牲她，否則自殺。

——父母只生我一個人，因為我求學，幾年來花了不少的金錢，變賣了不少的產業了。父母在夢想，等我畢業後把這些產業恢復。不管他們老人的夢想如何，總不該叫他們老人失望，我若對社會承認她為妻時，我此生就難再回故里去了。那麼老人們所受的打擊就不僅失望，恐怕還要傷心而死吧。

——讓她一路回N縣去吧。讓她回國淳那邊去吧。功利主義者的克歐對苔莉雖不無戀戀，但為保持自己在社會上的聲譽，為愛護自己的前程，也只好割愛了。

——那麼你對她完全無愛了？不，我愛她，像愛我自己的生命一樣的愛她。我之陷於不能不和她離開的運命，並不是我個人的缺陷，完全是社會的缺陷！社會上的諸現象都是矛盾的。自己的戀愛和事業不能並立，這就是一種矛盾了。

三十一

克歐和苔莉回到家裡來時已燈火滿街了。苔蘭早把晚膳準備好了。霞兒在電車中就在母親懷裡睡著了，苔莉把女兒安置在床裡睡好了後，就出來和他們一同吃飯。

苔蘭聽見姊姊們不久就要動身回N縣去，像小孩子般之流了不少的眼淚。克歐很替她同情，又覺得無邪的苔蘭可憐。克歐想，小小的一個和暖的家庭就這樣的星散了，破壞這小家庭的責任完全該歸自己負擔。她們姊妹有此次的生離的悲痛也完全是自己造成的罪孽。

但是要結束的事情還是非結束不可，要分手的終非分手不可。只三兩天工夫，苔莉把一切的行裝收拾好了。苔蘭一面流淚一面替她的姊姊和克歐清理衣服和書籍。苔莉也跟著她的妹妹流了幾回淚。

「姊，以後霞兒號叫謝先生做爸爸麼，不是回白姊丈那邊去麼？」

三十一

「姊姊的一身的事情，你莫再問吧。姊姊做的事是不足為法的。只望你以後要謹慎你的身體。不要隨便聽人家的話。」苔莉說了後，嘆了一口氣。

苔蘭凝視著她的姊姊像無意識的點了一點頭。

由T市回N縣去要先到S港，由S港再搭輪船赴K埠，由K埠轉搭小汽輪，一天工夫就可以回到N縣。

克歐打聽到五月二十日有輪船由S港開往K埠的，他和苔莉就決定於十九日的下午先乘火車赴S港，預定在S港歇一宵。

十九日的上午，他們把房子退回給房主人了。帶不了的行李，剩下來的家具都由苔蘭送回村裡的母親家裡去了。下午在車站上時，苔莉的母親跟著苔蘭走來了。

「謝先生，莉兒母女一路多勞你招呼了！你見了我的女婿時就替我多問候他幾句。莉兒初到你們鄉里去，什麼事都不知道，有什麼不對的地方，要請他寬恕寬恕。」

克歐聽見苔莉的母親的囑咐，臉上紅了一陣又一陣。但他望望苔莉，她卻在一邊微笑著看看她的母親又看自己。克歐給苔莉一看，覺得自己的雙頰更加熱得厲害。

「你老人家快點回去吧。你的女婿怎麼樣你管他許多！？不要你囑咐，謝先生也會很親切的看護我們的。霞兒的爸爸還趕不上他的親切呢。」苔莉笑著催她的母親回去。她說後再望著克歐嫣然一笑。

克歐恨恨的看了她一下，恨她太不客氣了。他怕苔莉的母親看出了他和她的祕密。

苔莉的母親和苔蘭望著他們乘的火車開動了，才灑了幾滴眼淚回去。但苔莉像有個保護者站在她肩後，她一點兒不感到別離的悲傷。

「你怎麼這樣不謹慎的！給你的母親曉得了我們的祕密時怎麼了呢！？」

「你還想不給人知道麼？」苔莉低下頭去，她像對克歐的卑怯的態度很不滿意的。

「但是，還是不給你母親曉得的好。」他也覺得自己太無恥了。他也知道想祕密地向苔莉求性慾的滿足而怕人知道是一種頂無恥的行為。

「遲早要給她曉得的。苔蘭早曉得了，她不會告訴我的媽麼？」她像很不快意的

三十一

抱著霞兒把臉翻向車窗外了。

「苔蘭曉得了？！她說了些什麼話？」克歐像駭了一跳的驚呼起來。苔莉看見他的這樣驚惶失措的態度，覺得他很可笑又很可憐。她禁不住笑了。

「我告訴了她的。她有幾次在夜裡起來聽見我還在你房裡。她很不歡喜的來責問我。沒有法子，我就一五一十的告知她了。我告知她，霞兒的爸爸是個靠不住的人，在鄉里早有了三房四妾。我也告知她，你答應了我們替我和霞兒負責；一句話，你的姊姊已經改嫁了──事實上改嫁了謝先生了。」

苔莉說了這一篇話，嚇得克歐兩個眼睛直視著她，只張開口說不出話來。

「這樣的說了不可以麼？這樣的說不會錯吧！」她睜著她的大眼很正經的問他。

克歐像沒有聽見她的話了，他只聽見下面的轟轟的輪音。鐵道兩旁的電柱和林木一陣一陣的向後面飛。克歐覺得此次的旅行像沒有目的地般的，他有點擔心了，他覺得自己太不顧前後了。若真的回N縣去，怎麼可以讓她跟了來呢？現在到什麼地方去好呢？

三十二

他們在S港車站由火車裡走出來時已經響六點鐘了。車站外絲絲地下起微雨來了。車站前的人力車都給先下車的人叫了去了。苔莉抱著霞兒，克歐提著兩個隨身皮篋，慢慢的由月臺上走下來是一條地下隧道，在這隧道中走了五分多鐘才走到車站門首來了。

車站口沒有一輛人力車了。克歐把行李放在苔莉的跟前，自己冒著雨出去叫車子。

「對不起你了。」苔莉在他的後面說。她覺得自己還有相當的「力」支配他呢，臉上泛出一種得意的微笑。但她看見他的背影，在雨中揩著汗走的背影表現出無限的風塵的疲勞，她又覺得他也是個可憐人。他到底為誰辛苦呢？他雖然是個罪人，但他是無意識犯罪的。他現在是在贖罪中的羔羊了。一切罪惡的根源還是在我身上。害了 Antony 的當然是 Cleopatra 了。

三十二

——我要安慰他才對。不該再怨懟他，脅迫他了。克歐，我雖然對你不住，但我誠心的愛你，這一點總可以得你的原諒吧。你為我的苦勞，我一切都知道。我們的關係作算是種罪惡時，這罪惡也該歸我負責而不在你！不過你現在是我的生命了，我再不能離開你而存在了！你像厭倦了我，論理我當讓你自由，讓你這個無邪的羔羊恢復自由。

他們趕到海岸的一家旅館裡來了。進了旅館後雨越下得厲害了。茶房帶他們到樓上看了一間小房子，只有一張床鋪的小房子。

「你就在這裡歇一晚吧！」苔莉說了後才留意到立在他們旁邊的茶房，很機巧地再添上一句：「你就到外面朋友家裡去也省不到多少錢。」

「太太說的話不錯。房錢是一樣的，不過省幾角錢飯餐錢罷了。」

「誰說要省錢呢！」克歐著急的說，「我們怎麼好同一間房子呢！」克歐早就向苔莉說過了，到了S港——住有許多友人的S港——他無論如何不能同住在一家旅館裡。

「到了這個地方，到了此刻時候，你還這樣的沒有勇氣！」苔莉說了後低下頭去嘆了一口氣。

在克歐意料之中的苔莉的譏刺，他像沒有聽見。茶房像有點曉得他們間的曖昧。

「這裡一連三間房子都空著的。那一間有兩張床。這兩間都是一張床的。你們慢慢地看了後再決定吧。」茶房說了後微笑著下樓去了。

「克歐，你就在這裡歇一晚吧。多開一間房子也使得。你一離開我就寂寞得難挨。尤其是在旅途中的客舍裡的晚上，你也忍心放我一個人抱一個小孩子在這裡麼？作算有友人來看我們，我們各住一間房子，他們也不至於說什麼話吧。」

他們倆爭執了一會，但到了S港的克歐始終不能容忍苔莉的要求。外面的雨也晴了，他在這旅館的小房子裡和她同吃了晚飯後就走出來，說到朋友家裡去歇一宵，明朝再來湊她們一同到輪船碼頭去。

苔莉流了幾滴眼淚望著他出去。

克歐也很想和苔莉同住在一個旅館裡，因為旅館的設備，尤其是銅床和浴室不住地向他誘惑，引起了他不少的興奮。

三十二

——不，不，這萬萬做不得！住在S港的朋友們早曉得我今天會到S港來。我也答應了他們一到S港就去看他們的，作算我不去看他們，他們終會找到來的。我和她的不自然的態度給他們看出了時……克歐像竊了食的小孩子還在拚命的拭嘴唇。

他走到街路口上來了，待要轉彎時，他停了足翻過頭來望望旅館的樓上。他看見苔莉抱著霞兒靠著扶欄在望他走。霞兒看見他停了足便不住地「歐叔父，歐叔父」的叫起來。她的淚眼，她的蒼白的臉，她的意氣消沉的姿態，都能使他的心房隱隱地作痛。聽見霞兒叫「歐叔父」的無邪的清脆的聲音，更引起了他的無限的哀傷，他快要掉下淚來了。

他不忍再望她們，也不忍再聽霞兒的呼聲，他急急地轉了彎。看不見她們母女——像在沙漠中迷失了道路的母羊和小羔——了，但小羔羊的悲啼還不住地蕩進他的耳鼓裡來，可憐的母羊的憂鬱的姿態也還很明了地幻現在他的眼前。

三十三

——她的一生的幸福全操在自己的掌中了。她也像信仰上帝般的把她的一身付託我了。我不該使她陷於絕望，不該對她做個 Betrayer！我們可以離開N縣，離開T省，離開祖國，把我們的天地擴大，到沒有人知道我們的來歷，沒有人非難我們的結合，沒有人妨害我們的戀愛的地方去！什麼是愛鄉！什麼是愛國！什麼是立身成名！什麼是戰死沙場！什麼是馬革裹屍！都是一片空話——聽了令人肉麻的空話！結局於想利用這些空話來升官發財罷了！我還是拋棄這些夢想吧！我還是回到我們固有的滿植著戀愛之花的園中，去和她赤裸裸地臂攬著臂跳舞吧！再不要說那些愛鄉愛國，顯親揚名的肉麻的空話了！再不要對社會作偽了！還是恢復我的真面目吧！恢復我的人類原有的純樸的狀態吧！苔莉，苔莉！我真心的愛你！我誠懇的愛你！我盲目的愛你！除了你在這世界裡我實在再無可愛的人！再無可以把我的靈魂相托的人！但是不知為什麼緣故，我總不能伸張我的主張，不能表示出我的最內部的意思。苔莉，這完全是我們所處的社會的缺陷。望你原諒我的苦衷，也容恕我的罪過吧！

三十三

克歐先到S港中學校去找從前的紫蘇社的同志，有四個同志——其中有會過面的，有沒有會過面的——都在這間中學校任課。偽善的克歐想到這中學校來寄宿一宵，表示他和她的友情是很純潔的。

石仲蘭，曾少筠，錢可通，劉宗金都是從前共組織紫蘇社時的同志。但嚴格說起來，石仲蘭和曾少筠才算是純粹的紫蘇社的社友。錢可通和劉宗金兩人雖曾在紫蘇社的刊物上發表過幾篇文字，但後來領了一個政客團體N社的津貼，跑到N社去研究升官發財的方法了。他們四個人前前後後都到S港中學來各占了一個教席。

克歐走到中學校時只找著一個曾少筠。其他三個吃過晚飯後都出去了。

「你來了麼？密司杜呢？」少筠接著他就問苔莉，因為她在紫蘇社出入時和少筠認識了的。

「她在××館裡。我今晚上要在你這裡借宿一晚了。」

「不是和她一同住旅館麼？」少筠用懷疑的眼睛望了望克歐。

「你說些什麼！」克歐猜不著少筠是正經的問他還是在譏刺他，免不得雙頰發熱起來。

「你看做過賊的人總是心虛的！你在T市可以住在她家裡，現在到S港來同住一家旅館有什麼不可以呢？」少筠笑著說。

「你不要再瞎說了！我們到什麼地方逛逛去吧。」

「到什麼地方去呢？」

「到××書店去好不好？」××書店是替他們出版文藝書籍和雜誌的。克歐想去看看自己近作的一篇長篇小說印出來了沒有。

「你再坐一會吧。他們快要回來的，等他們回來一路去。」

克歐聽見錢劉兩個就頭痛，但既到了這裡來又不能不會會他們。他真的等了一會後，石仲蘭和劉宗金回來了，只有錢可通一人沒有回。他們說他到N社去了，今晚上怕不得回來。

天上的黑雲漸漸的散開了，像有點月色，不至十分黑暗。他們共叫了一輛馬車趕到××書店來。吝嗇的店主人看見不常來的克歐來了，不能不在一家館子裡開了

三十三

一個招待會。

書店裡邊有兩三個年輕的夥伴喜歡讀他們的作品的。他們在館子裡吃了飯後都贊成到××館去看《家庭的暴君》的作者。頂熱心贊成的還是書店裡的年輕的夥伴。因為是個女作家，他們尤熱心的希望著去會會。克歐本想阻止他們，但恐怕更引起了他們的猜疑，終於默殺下去了。

三十四

夜愈深，天氣愈清朗起來。書店的主人改雇了一輛寬大的汽車後他們到××館去。

「夜深了，我們明天去看她吧，」石仲蘭苦笑著提出抗議來。克歐想，老石真的是我的知己了，同志們中我所敬畏的也只他一個人。我想說的話，現在他都替我說了，恐怕是他知道我想說，不便說出來，所以代我說了的吧。

「不，不行，不行，今晚上就鬧到天亮也不要緊！」書店的年輕夥伴K在高聲的反對石仲蘭的提議。

「《飄零》裡面的女主角是不是杜女士？那部長篇小說頂銷行，只一年多——還沒到一年的工夫，已經五版了。」另一個書店員C笑著問克歐。

《飄零》是寫一個女作家，也是個未亡人，她對一個青年美術家生了戀愛。可是那個青年美術家對她若即若離，不甚屬意於她。至女作家方面則誤認青年對她的同情

三十四

為戀愛。後來出她的意外，聽見那個青年和一很純潔的處女訂了婚，便跑到青年的宿舍裡去，要求他對他的未婚妻宣告廢約。但青年不能容許她的要求，她就當青年的面前服毒。青年待要奪取她手中的毒藥時，已來不及了。這個可憐的女作家就在一家小病院裡受著青年的溫愛的看護，很樂意地微笑著死了，她對青年說，她的目的已經達到了，她所希望的就是她臨死時，青年能夠看著她死。這個女作家死了後，青年大受感動，若有所悟般的向他的未婚妻取消婚約。自己就往外國漫遊，「不知所終」了。

克歐想，不錯，這是自己在南洋旅途中思念苔莉時的創作，以苔莉為女作家，以自己為美術家的青年，並將對苔莉及自己的直感延長下去寫成的。本來算不得是篇傑作，但在對文學的批評的眼光還不甚高明的女學生群中是很受歡迎的。他給C店員這一問倒不好意思起來了，他對C唯有苦笑。

「恐怕克歐對苔莉的關係不止那個美術青年對女作家的關係吧。」劉宗金無忌憚地插嘴說。

「瞎說，我和她是親戚，你們該知道吧。」

「到了那時候還論什麼親戚不親戚。」劉宗金始終不信克歐和苔莉間能保有純潔的關係。

「你在T市也常到××街去玩麼？」少筠問克歐。克歐搖了搖頭。

「那麼你一個人在T市兩年多能守你的獨身主義倒是個疑問。」劉宗金更緊迫著說。

「莫說那些無聊的話了！」石仲蘭微微地苦笑了一下後說。

——老石並不幫我說句把話，不替我辯護。看他也有點懷疑我般的——不，不是懷疑，他直覺著我是個罪人了吧！好友，你該摒棄我，和我絕交的。我實在再沒有資格做你的朋友了。按理我不應來看你，不應以犯罪之身來見你。掩著自己的罪，裝著平常人般的來看你，那我又加犯一重的欺詐罪了！何況這次回去還想以犯罪之身去欺騙慈愛的雙親，騙娶純潔的處女！我犯的罪多麼重大喲！克歐在汽車中恰恰和石仲蘭正對面的坐著，他回想了一會，熱著臉低下頭去，不敢看石仲蘭。幸得汽車裡黑暗，沒有人留意到他的臉紅。汽車停在××館門前了，嚇得旅館的茶房們都跑出來，他們以為有什麼貴客或富人來留宿的。等到他們看見了日間來過的克歐也從汽車裡走出來，他們又很失望的退了下去。

三十四

三十五

幸得霞兒早睡了，他們怕嘈醒了她，在一間小房子裡擠了一會擠得不耐煩就回去了。但在這短短的時間中劉宗金還是用偵察的態度對克歐和苔莉。

「你這次回國淳那邊去麼？不再出來T市了麼？」劉宗金看見了她就很關心的先問了這一句。他是全知道國淳在N縣已經有一妻一妾的了，他曾向她示意過三兩次，不過都給她拒絕了。他知道她的心完全趨向克歐方面去了，所以對克歐懷了一種嫉妒。他很想發見克歐和她的祕密，並且將這種祕密的證據提給社會。

克歐很擔心苔莉說話之間不留神的露出破綻來，他只能像囚徒般默默地坐一隅待刑的宣告。

「我？我回N縣做女儐相去。」苔莉哈哈的笑起來。

「誰結婚麼？」

「還有誰？是他請求我回去看他們成婚的。」苔莉指著克歐對他們說。

三十五

「他不管人喜歡聽不喜歡聽，他只管向著我說了許多新婚的夢話。他真是個利己主義者。」

劉宗金聽見苔莉知道克歐和劉小姐的婚約，很失望的不能再說什麼話了。

「你要留神些。恐怕是國淳托他把你騙回N縣去的吧。」石仲蘭再添上了這一句，在座的幾個來客都大大的失望，態度也比來的時候莊重了許多。

因為他們知道了他們預先默認的完全和事實相反了。他們覺得不單對不起苔莉，也覺得對不起克歐了。

第二天的十點鐘他們所搭乘的輪船F號由S港展輪駛向K埠去。

在海上，他們又恢復了埃田樂園中的歡娛狀態了，由S港至K埠的輪船須在海上走三晝夜。他們在輪船的二等客室中共占了一個艙房。他們在船上和在T市K街的家裡時一樣的自由了，他們在輪船裡對搭客們都自認為夫婦，因為不自認為夫婦反會引起他們多方的注視與懷疑。

苔莉抱著霞兒走出甲板上來望海，克歐和苔莉並肩的憑著船欄眺望。他比苔莉對海的經驗深些，關於海的智識也博些，他指著海面的現象——為她說明。這時候在艙面的搭客們都很豔羨這一對年輕的夫妻，視線也齊集到他倆身上，苔莉不時翻過臉來看他們。她覺著他們的注視時也有點難為情，但同時又感著一種矜高——她在這輪船裡算是個女王了，除了一等客室裡的一個金髮藍睛的西方美人比她年輕之外。

克歐像預知到距N縣愈近，他接近苔莉的時間也愈短縮。對她的愛戀陡然的增加了起來。除了到餐房裡吃飯和飯後出甲板上眺望外，其餘的時間都相擁著守在艙房裡。他們倆唯恐這樣短縮的寶貴的時間空過了，他們的歡會的時間也就無節制起來。

幸得這幾天來海風不大，海面沒有意外的波動。

第二天的晚上，苔莉看著霞兒睡下去了後循例的走到克歐坐著的沙發椅上來和他並坐下去。

她每次受克歐的無節制的要求，就感著肉的痛苦。但她又不能一刻離開他，也不敢對他有一次的拒絕；這許是她的偏見，她以為不抱持這樣的忍從主義就不能維繫他的心。

三十五

「我想睡了，你怎麼樣？」苔莉打了一個呵欠，把頭枕到他的肩上來。

但克歐只顧翻讀舊報紙，並不理她。

「今晚上算了吧。可以？我先睡了。」苔莉微笑著站起來解衣裙。克歐此刻仰起頭來痴望她了。

「不要望著我，請你背過臉去。」她斜睨著克歐作媚笑。

「……」他只微笑著看她，不說話。

「你這個人總是這樣討厭的！」她自己背向那邊去了。

輪船輕輕地在蕩動，她隻手攀著榻沿，隻手把黑文華縐裙解下來了。湖水色的長絲襪套上至膝部了，桃色的短褲遮不住腿的整部。白質藍花條的竹布襯衣也短得掩不住褲腰。跟著輪機的震動，襯衣的衣角不住地在電光中顫動。克歐看得出神了。他再細望她的臉部，薄薄地給一重白粉籠著的臉兒在電光下反映出一種紅暈。

「令人真個銷魂！」克歐從沙發椅上跳起來。

「討厭的！不怕嚇死人的！」她一面翻過臉來笑罵他，一面在除襪子。

「你說什麼？」

「我唱讚美歌，讚美你的美！」

「趕不上劉小姐吧。」她失笑了。

「幾點鐘了？」他聽見她提及劉小姐便左顧而言它的。

「不早了吧。船鐘才響了五響，幾點？」

「那麼十點半了。睡吧！」他湊近她。

「睡吧！」她低下頭去，但隻手加在他的肩上了。

三十五

三十六

航海中整三天三晚的歡娛匆匆地過去了。五月二十三日的拂曉輪船進了K埠的港口。他們倆站在圓形的鐵窗口眺望岸上的風景。

「我竟不知道K埠是那麼美麗的一個市場！那邊恐怕是市外的公園吧。門首植的一叢叢的蘇錢，果然是亞熱帶的風景。」她不住地歡呼。

頂鬧熱的海岸街道像電影畫一樣的移動到他們眼前來了。高低一律的西式建築物不住的蠕動，海岸馬路上有無數的走來走去的行人和幾輛飛來飛去的電車。完全是一幕電影畫。

「真好看！」她無意識的說了。

「真好看！」霞兒也拍掌笑著學她的母親的口吻，引得他們倆都笑了。

「那一個人有點像國淳！」克歐指著穿夏布長褂子的男人對苔莉說。

「哪裡？」她像駭了一跳，驚呼著問他。但她馬上恢復了她的鎮靜的態度，因為

三十六

她當他是說來試她的心的。

「你看那個不像霞兒的爸爸麼？」

「在哪裡？」她跟著他所指示的方向伸首湊近窗口向外望。

「那邊不是站著一個戴竹笠的，手拿木棍的巡捕麼？看見了麼？」

苔莉點了點頭。

「在那個巡捕的那一邊走著的，現在走過去了，你看！」

船身像快要靠攏岸壁了，突然的向後一退，那個巡捕和像國淳的人都看不見了。

「不是他吧！」她翻過來向著他苦笑。

「他知道我們回來怕要出來K埠迎接我們。」

「他怎麼知道我們在哪一天到K埠呢？」

「啊！我忘記告訴你了，我動身時打了一個電報給他，把我們搭的輪船名都通知他了。」他說了後臉紅紅的痴望著她——臉色急變蒼白，神氣也急轉嚴厲的她。

他自己也默認不告訴她而打電報給國淳，叫他出來K埠接她們母女的行為是欺騙，斷定此種行為的動機也是很卑怯無恥的。他的用心又安能逃出她的犀利的推測！

「你這個人！真的……」她沒有把話說下去，兩行淚珠撲撲簌簌地掉下來了。

「表兄寫信來要我這樣做，我有什麼法子呢？」他只能把這句話來搪塞。

「算了，算了！我知道了就是了！你已經把你的心剖開來給我看了！」

她收了眼淚翻向那邊去不再理他了。

輪船像停住了，覺不著船身的微震了。一群旅館的夥伴們叫囂著跑進來，把霞兒驚哭起來。

「有到××棧的沒有！」

「有到××酒店的沒有！」

克歐和她的艙房門還緊閉著，在艙門首走過去的旅館的夥伴都敲一敲他們的房門。

克歐也擔心國淳走進來看見他們同占有一個艙房並且在白晝裡也還緊閉著有點不方便，他把門開了，走出來站在房門首。他在黑壓壓的一群人中沒有發見像國淳的人。一個個的旅館的招待在他面前走過時就循例的問「先生，到××酒店麼？」

三十六

「先生，到××棧麼？」但他只搖搖頭。這些夥伴們雖經他的拒絕，但走過去時還要向房裡面張望。看見苔莉時就略停住足瞻仰一瞻仰。克歐看見他們這樣的失禮的狀態，很著急起來，但也沒有方法奈何他們。克歐等了一會不見國淳來，他默默地嘆了一口氣，他覺得這個重贅的擔子一時還卸不下。他不是不知道自己的計劃很卑怯很可恥，但受著社會的重壓不能不這樣做。他在T市時就預定未抵K埠之前只管和她尋幾天的歡娛，一到K埠接著國淳時就交回給國淳，自己急急的躲開，和她訣別吧。思念到這種對不起苔莉的計劃，不自然的染有多量血淚的分手，克歐也未嘗不覺得心痛。但所處的社會如此，他始終不承認是他一個人有罪。自己和苔莉會陷於這樣的不可收拾的狀態，國淳也該分擔點責任吧。總之自己和苔莉的親暱，罪不在她，也不在我，是一種不可抗的力使然的！

克歐想，國淳不來，我們只好再在K埠同住幾天旅館了。他同時也覺得自己的心還受著她的吸引，他到了K埠，覺得她的肉的香愈強烈地向他誘惑。

「無論如何，我還沒有離開她的可能！」

他最後叫了有名的T酒店的夥伴來，決意進T酒店。他要那個夥伴即刻把他們的行李搬上去。

「先生，讓我去叫幾個夥計來替你搬行李。你把這張招貼拿著。」

「你呢？」

「我要到前頭那一艙去看還有客沒有。」

三十七

克歐在T酒店開了兩間面海相鄰的樓房。到了K埠，他主張和她各住一間小房子。苔莉本來就反對，但她想不出什麼口實來要求他同一個房間住。

「我一個人有點害怕。」她在晚間只能這樣的向克歐乞憐。但克歐只向她笑一笑。她看見他的冷淡的微笑，心裡很不舒服，終於流下淚來。

「事實上還不是同一間房子麼？多開一間房子是怕有認識我們的人來看我們時方便些。」

他們抵K埠後就打了一個電報給國淳，要他出來K埠接苔莉母女。過了兩天，他們接到國淳由N縣寄來一張明片，說他一時因事不能來K埠，望克歐即刻動身帶她們到N市來。克歐接到這張明片時，有點氣不過，他覺得國淳像故意和他作難般的。苔莉卻希望著能夠和克歐在繁華的K市多歡娛幾天。但她心裡也有點不滿，恨國淳對她們母女太無誠意。

三十七

克歐就想當晚動身，但苔莉執意不肯，她說國淳既然這樣的無誠意，我們索性在這裡多耍三兩天吧。

「你見霞兒的爸爸信也不寫一封！你這樣辛辛苦苦的把我們帶了回來，在明信片裡也該說句感謝的話才對。由T市到這裡我們真累了你不少！」

「……」克歐聽見她的話，禁不住臉紅起來。他覺得她的話句句都有刺般的。他只有苦笑。

相鄰的一間比較寬的，有兩張寢床的房子空下來了，他倆就索性搬進去，共一個房子住了。由N城來K埠的小輪船是在夜晚上十二點至一點之間抵岸的，前兩晚上他們都擔心國淳由N城趕到了，不敢盡情的歡娛。每晚上要等到響了一點鐘後克歐才走進苔莉的房裡來。

「真不自由極了！我看你很可憐！」苔莉笑著把他的頭摟到胸前來，他一面嗅著她的肉香一面暗暗地羞愧。他想從今天起就和她斷絕關係吧——斬釘截鐵地和她斷絕關係吧。但志氣薄弱的他覺得終難離開她。至不能離開她的理由他自己也莫名其妙。有點似愛，也有點似欲。

接得國淳不來K埠的信片後，那晚上他們共住一間房子了，也不像前兩晚上般的不自由了。

到了K埠的克歐精神和體力都同程度的疲倦極了，尤其是才離開苔莉的擁抱他便感著一種可唾棄可詛咒的疲倦。他覺得睡在自己身旁的苔莉萬分的討厭。她不管克歐的疲勞，看見他奄奄欲斃的態度，只當他是厭倦她了，她愈湊近他。快近六月的南國的氣候已經很鬱熱的了，他覺得她的肌膚會灼人般的。

「你也回到你床上去歇息吧，我要睡了。」他催她快離開他。

「你們男人都是這樣不客氣的。自己的目的達了後就不要人了的。回到N縣去時，怕少說話的機會了，我們趁這個機會多說點話吧。」她苦笑著說了後忽然流下淚來。

「想睡的時候哪裡能談話呢？」他像不留意她的哭了，因為她近來哭得太尋常了。他知道她是患了歇斯底里症。

「日間睡了大半天，此刻還想睡麼？你莫非是有病？」她伸過手去攀他的肩膀要他翻身過來向著她。

三十七

「日間不該睡的。日間睡了，夜間愈想睡。」他閉著眼睛答應她。他也覺得她可憐，翻過來機械的擁抱著她。

「你的意思怎麼樣？快到N城了。」她低聲的問他。

「你呢？」他沒有氣力般的敷衍著反問她。

「你還問我？我想向霞兒的爸爸要點生活費就回T市去。也望你……」她紅著臉不說下去了。

「我隨後也要回T市去的。我要在T市的銀行裡實習。」

「不能一路回去麼？」

「你想我好再跟你回T市去麼？」

她點了點頭後：

「那你以後要什麼時候才回來T市？靠得住？」她摸著他的胸口撒嬌般的問。

克歐看見她的嬌態，覺得自己的確沒有離開她的能力與勇氣了。灼熱著的她的身體再次的引起了他的興奮。

「你還是歇息一會吧。我看你的身體不如從前了，也瘦了許多。」她摸他胸側的歷歷可數的肋骨。

半年間以上的無節制的性的生活把克歐耗磨得像殭屍般的奄奄一息了，他也知道自己的身體崩壞了。每走快幾步或爬登一個扶梯後就喘氣喘得厲害，多費了點精神或躺著多讀幾頁書就覺得背部和雙頰微微地發熱。腰部差不多每天都隱隱地作痛。他覺得一身的骨骼像鬆解了般的。但他覺得近來每接觸著她，比從前更強度的興奮起來。他想這是癆疾初期的特徵吧。

三十七

三十八

苔莉去了後，克歐很疲倦的昏沉沉地睡下去了。他也不知睡了多久，他像聽見表兄國淳說話的聲音，忙坐起來。他感著背部異常的冰冷，伸手去摸一摸時襯衣溼透了大半部。他再伸手去摸自己的背部，滿背都塗著有黏性的汗。他望望對面的床上，苔莉臉色蒼白得像死人般的浴在白色電光下睡著了。哪裡有國淳？完全是自己疑神疑鬼的。他在床上坐了一忽，覺得房裡異常的鬱熱，頭腦像快要碎裂般的痛起來。他輕輕地起來下了床，取了一件乾淨襯衣換上，跑出騎樓上來乘涼。他望見滿海面的燈火，又聽見汽笛聲東呼西應的。騎樓下的馬路上往來的行人比日間稀少得多了，但還有電車——沒有幾個搭客的電車疾駛過來，也疾駛過去，夜深了的電車的輪音更轟震得厲害。

克歐在騎樓的扶欄前坐了一會，精神稍為清醒了些。他翻轉身來一看，騎樓的那一隅有一個小茶房迎著海風坐在一張籐椅上打瞌睡。他是輪值著伺候附近幾間房

三十八

子的客人的。

「茶房！」克歐把小茶房驚醒來。

「什麼事？」小茶房忙睜開他的倦眼。他老不高興的，站也不站起來。

「由N城來的小輪船到了沒有？」

「沒有到吧。」小茶房不得要領的回答克歐。

克歐望一望裡面廳壁上的掛鐘，還沒到十二點鐘。

第二天晚上克歐要求苔莉搭小輪船到N城去。但苔莉有點不情願。

「霞兒的爸爸既然這樣的沒有責任心，我們也索性在這裡多樂幾天吧。」

克歐想自己是站在地獄門前的人了，還有什麼歡樂呢。所謂兩人的歡娛也不過一種消愁的和酒一樣的興奮劑罷了。但他不敢在她面前說出來。

「我們沒有什麼理由在這K埠勾留了。久住在這裡要引起他們的懷疑。」

「他們是誰？」她直覺著克歐所擔心的不止國淳一個人。

克歐只有苦笑，不再說什麼話。他感著自己的身心都異常的疲倦。今天的天氣涼快些，但他的背部還微微地發膩汗。

——像我這個墮落了的病夫還有資格和純潔的處女結婚嗎？不要再害人了吧。克歐回憶自己的過去生活並追想到自己的將來，他覺得自己是前程絕望了的人！害了苔莉，不該再害劉小姐了。他思及自己的罪過，險些在苔莉面前流淚了。

「你還是想快點回到N城去見未婚妻吧！」苔莉更進迫一步的嘲笑他。

「是的，我要回N城去看看。總之我不至於對你不住就好了。可以麼？」他很堅決地說。

苔莉總敵不住克歐的執意，就當晚十點鐘抱著霞兒和克歐搭乘了駛往N城的小輪船。

「真的只有這一晚了。」他們在這小輪船裡也共租了一個小艙房。但他們終覺得痛苦多而歡娛少了。他們都預知道事後只有痛苦和空虛，但他們仍覺得機會——日見減少的機會空過了很可惜。

「怎麼你總是這樣不高興的？」他擁著她時問她。

「恐怕是身體不健康的緣故。兩三個月沒有來了，那個東西！說有了小孩子，又不十分像有小孩子。霞兒還在胎裡時就不是這個樣子。」她說了後微微地嘆了口氣。

三十八

「你身體上還有什麼徵候沒有？」

「睏倦了時，腰部就痠痛起來。下腹部也有時隱隱地作痛，臍部以下。」

「不頭痛麼？」

「怎麼你知道我頭痛呢？」她仰起頭來看著他微笑。「那真的不得了，痛起來時腦袋要碎裂般的！霞兒沒有生下來時也常常頭痛或頭暈，不過沒有近時這樣的厲害。」她說後再頻頻地嘆息。

「不是有了小孩子吧！」他像很擔心般的。

「恐怕不是的。有了身孕時，你怎麼樣？很擔心吧！」她笑著揶揄他。

「沒有什麼擔心。不過……」

「不過什麼？你們男人都是自私自利的。只圖自己的享樂，對小孩子的生育和教養是一點不負責任的。」她再嘆息，嘆息了後繼以流淚。

——她患了歇斯底里病，我也患了神經衰弱症及初期的癆病了。我們都為愛慾犧牲了健康。不健全的精神和身體的所有者在社會上再無感知人生樂趣的可能，一切現象都可以悲觀。她想獨占我的身心，我又想和劉小姐結婚；這都是溺在叫做

「人生」的海中快要溺死的人的最後的掙扎罷了！

「你像患了婦人病。怕子宮部起了什麼障礙吧。」

「……」苔莉只點點頭。

小輪船溯江而上。夜深人靜了，他們聽見水流和船身相擊的音響了。江風不時由窗口吹進來。克歐坐起來，睡在他旁邊的她的鬢髮不住地顫動。他把頭伸出窗外去，望見前面的兩面高山，江面愈狹了，水流之音愈高。頂上密密地敷著一重黑雲。看不見一粒的星光，他嘆了口氣。

——像這樣的黑暗就是我的前途的暗示吧。克歐感著萬斛的哀愁，若不是站在苔莉面前，他要痛快地痛哭一回了。

三十九

第二天下午三點多鐘，克歐回到N城來了。N城只有三兩家很樸質的客棧。克歐找了一家頂清潔的R客棧把苔莉安頓下去。

「我叫茶房到表兄家裡去了，叫他即刻來看你。我今天不能在這裡陪你了。我今晚上再來看你吧。」

克歐的家離城有十多里，今天趕不回去了，他打算明天一早回去。

克歐由R客棧出來，覺得一別二年的N城的街道都變了樣子。他最先到一家父親來城時常常出入的商店搭了一個信，叫家裡明天派一個人出城來迎他。

他再到幾個朋友的住家去轉了一轉都沒有找著。最後，雖然不好意思，他跑向商業學校來了。他是來會他的岳丈的，他明知他的行動前後相矛盾。

——不單矛盾，完全是無意識。他想有這種種無意識的舉動，才叫做人生吧。

「校長不在校，出去了。」號房這樣的回答他。走得倦疲極了的他站在學校門首

三十九

痴痴地站了一會。

「要會會其他的哪一位先生麼?」號房只當他有什麼困難的事情要向學校商量。

「不,不必了。」他丟了一張名刺給門房後又匆匆地走出來。他覺得沒有地方可去了,他直向R客棧來。

在R客棧的後樓一間房子裡,夾著一張圓桌和苔莉對坐著的不是別人,正是他的表兄國淳,國淳看見他,忙站起來說了許多客氣話,向他道謝。

「到哪裡去來?是不是看劉老先生去來?」國淳嘻嘻的笑著問他。

明知苔莉絕不會把自己和她的祕密關係告訴國淳,但克歐近來的神經很銳敏,他猜疑苔莉至少把祕密的一部分漏給她的丈夫了。他只臉紅紅的微笑著答不出話來。

「啊!不得了!行李還沒有點清楚就急急地出去了,說要看未婚妻去。」苔莉故意的訕笑他。

克歐又覺著自己的意思的矛盾了。他早想把苔莉母女交回國淳,自己好恢復原有的自由。但此刻看見苔莉和國淳很親暱的在談話,又禁不住起了一種嫉妒。

——國淳在這裡，我是無權利親近她的了。他感著一種悲哀，同時又感著一種絕望。他坐了一會。國淳對苔莉不會說話了。他想盡坐在這裡監督著她反要引起國淳的猜疑。他忙站了起來。

「你們久別了，慢慢談吧！我出去一會再來看你們。」克歐勉強的笑著說。

「你又到哪裡去？還沒有會著未婚妻麼？」她也忍著眼淚問他。

「不到哪裡去。到朋友店裡去坐坐就來。」

「你要回來一塊兒吃飯喲。」她知道他是因嫉妒走的，心裡又喜歡又覺得過意不去。

「是的，克歐你今晚上就回來一同吃個晚餐吧。我叫帳房特別的準備好了。」國淳趕著跟了克歐出來。

克歐聽見國淳以主人自居——在苔莉房裡以主人自居的口吻，更感著一種強烈的醋意，像受了莫大的恥辱，差不多要流淚了。

國淳送著克歐走下樓來。他當然是希望著克歐的迴避，好讓他和苔莉盡情的暢談。但他拍著克歐的肩膀：

三十九

「你今晚上定要回來！我回去了後你要盡力的替我勸她一勸，勸她回我家裡去。我家裡的幾個都很歡迎她，很可以共處的。」

克歐最覺驚異的就是他今晚上不想在這旅館裡留宿。

——他被她拒絕了吧。克歐感著一種快感，他覺得自己還是個勝利者。

——他莫非懷疑了我們嗎。怎麼托我勸她呢。他已經懷疑我有比他更大的力支配她了。他看出了她對我的懷想吧。托我勸她回他家裡去就是暗示我拒絕她的愛的。克歐想到這一點又感著一種不安。

「你今晚上還是在這裡另開一間客房吧。到別的地方寄宿多不方便。」國淳繼續對他說。

他看見國淳此刻的誠懇的態度又覺得很對不起國淳了。偷了他的妾，還要嫉妒他，討厭他，這不是強盜式的行為嗎？他知道了苔莉沒有露出一點破綻給國淳看，國淳對自己也沒有半點懷疑的樣子，他安心下去了。

——那麼，還是勸她回他家裡去的好，事情比較容易解決些。無責任的思想再在克歐的腦裡重演出來。

「我想到商業學校去寄宿一晚，明天回家去。」

「太不方便了。你不怕人家的笑話？鄉里人頑固得很的。」國淳苦笑著說，「你還是在這裡歇一晚吧。望你今晚上盡情的勸她一勸。」

克歐看見國淳和苔莉對坐著說話後，頓覺得自己和苔莉相隔的距離有萬里之遙，他想昵就她的情也愈迫切了。

三十九

四十

克歐在晚上的八點多鐘才回到R客棧來，他走上樓上來時他們都圍著一張小圓桌在談話，國淳和苔莉外還來了兩個客人。

「回來了，回來了！」國淳看見克歐先站起來說。那兩位客人也站起來。只有苔莉怏怏不樂地坐著不動，她像很討厭那兩個客人。

克歐認得來客中的一個是他的岳丈，他忙嘻嘻地笑著上前去握手。由劉老先生的介紹，克歐知道還有一個比較年輕的客人是劉校長的堂弟，在商業學校裡當會計的。克歐和他們周旋了一刻才坐下來。他偷望苔莉，她的臉色異常嚴肅的，抱著霞兒背過那一面去坐著，她像很討厭他們，巴不得馬上趕這兩個客人出去。他們都不十分注意，只有克歐知道她的心事，他看見她的煩憂的樣子，心裡異常的難過。

「今晚上就搬到我那邊去好嗎？學校裡清靜些，也方便。」劉老先生雖然覺得自己的女婿比從前蒼瘦難看了，但他只當是在暑期中經了長途的旅行的結果，不過一

四十

時的現象罷了。他不知道他的女婿早沒有資格和他的純潔的女兒結婚了。

「劉老先生！急什麼？就住在這裡，誰會和你爭女婿呢？」國淳笑著說。

苔莉也嗤的笑了出來，她像很感激國淳替他說了這一句。

「哈，哈，哈！」劉老先生也笑了起來。

「嫂子明天會到學校裡來吧。」那個當會計的像受了克歐的岳母的囑託，特向劉老先生提了提，叫他約定克歐。

「明天尊大人一定出來的。內人也要出來的，她想會會你。明天她大概會帶小女同來吧。現在是新時代了，不比從前了。從前未婚的夫婦是難得會面的。哈，哈，哈！」

「我們都準備好了。明天謝老先生來時，克歐就伴他到學校裡來，大家一同吃個便飯吧。國淳，你伴你這位太太和小姐也一路過來。」那個當會計的也笑著說。

「謝謝。」國淳笑著點點頭。苔莉把嘴唇一努翻向那邊去，好像不願意聽那些話。不一刻，她抱著霞兒立起來回房裡去了。

劉老先生和那個當會計的去了後是開晚飯的時候了。國淳像有特權般的跑進苔莉的房中催她出來吃飯。克歐等了好一會還不見他們出來。他揣想到國淳向苔莉身上的摸索，因為國淳是有這種下流習性的，強烈的醋意再湧起來，他恨不得快把國淳攆出去，馬上把苔莉抱過來。

——你明天是要和未婚妻會面的人！他對苔莉的赤熱的慾望像澆了一盆冷水。

——管它呢！國淳把今晚的機會讓給我了，只有今晚一晚上了！我還是擁抱她吧！無論如何不能放過她！克歐也暗暗地驚異自己何以會變成這樣墮落的一個人，這樣無良心的一個人！

他望見苔莉帶著淚痕出來，國淳抱著霞兒跟在後面。

吃過了晚飯，國淳替克歐叫茶房開了一間小房間，請克歐進去歇息。他卻跟著苔莉走進她的房裡去了。

克歐本不情願聽他們在隔壁房裡低聲的私語，但又不情願出去。他怕國淳對苔莉有意外的舉動，他要守護著她。他在自己的小房子裡躺在床上靜靜的竊聽她房裡的聲息。國淳說話的聲音很低，聽不出他說些什麼。

——他在向她要求吧。他當她經了長期的性的苦悶他一要求，定可發生效力的。他不知道她，比他在T市時，有更強烈的新鮮的性的滿足呢，克歐想到這裡又覺得好笑起來。

四十一

由八點鐘等到十一點鐘，國淳還不見離開這家客棧。克歐等得不耐煩了，他一個人在房裡飽嘗了又酸又辣的嫉妒的痛苦了。他忽然聽見苔莉在隔壁房裡叫起來。

「不行！不行！你今晚上快回去！你讓我再深想一回，決定了主意後再答覆你！你快鬆手！莫嘈醒了霞兒！」

克歐聽見苔莉這樣的向國淳拒絕，心裡雖發生一種快感，但聽見國淳對她竟無禮的動起手來，他的胸口像焚燒著般的，一陣悲酸和憤怒結合起來的怪力差不多逼他跑過隔壁房裡去向國淳宣告決裂。但他——卑怯的他只一刻又忍了下去。

過了一忽，國淳臉色蒼白他很失望地走出來站在克歐的房門首。

「我回去了。明天一早就來。請你多多勸她，勸她回我家裡去同住。我從前雖騙了她，但以後絕不會對不住她就好了。是不是？」

克歐只點點頭。國淳垂著頭向樓下去，克歐不能不送出來。他站在客棧門首看

四十一

著國淳跳上人力車去了後才回到樓上來。他還不敢就走進苔莉房裡去。怕國淳忘記了什麼事物趕回來。但他早想和她親近了，全身發熱般的想和她接觸了。他的胸口不住的悸動——像初和苔莉接近時一樣的悸動。

快要響十二點了，他望著客棧的外門下了鎖後他才走進苔莉房裡來。她痴望著桌上的洋燈火在流淚。

「身體怎麼樣？」他坐近她。

「……」但她不理他。

他看見她不理他。忙把房門關上，過來和她親近。

「你還是看你的未婚妻去吧！跑到我這裡來做什麼？」她拒絕他的要求。

「你就變了心了！你還是喜歡他！他有了安定的生活！」克歐用這樣的反攻的方法。他還沒有說完，她的身體早倒在他的懷裡了。她伏在他的胸前啜泣。

「他走了後，你怎麼半天不到我房裡來！？克歐，你還忍心磨滅我嗎？我們快點打定主意才好。」

他們倆再次的經驗了可咒詛的疲倦後，都覺自己的這種享樂完全和自殺沒有區別。

但他還緊迫著她，要她把國淳對她的舉動說出來增助他的快感。

「提他的事幹什麼？說起來令人討厭！」

「你快說出來！兩三個鐘頭沒有聲息，你們不知做了些什麼事！」

「啊呀！惡人先控訴起來了！」她微笑著說。

她被迫不過，到後來她告知他國淳乘她沒有防備，把她摟抱在膝上坐了一刻，並且伸手過來……」

「你怎樣讓他抱呢？」他恨恨地在她的背部捶了一拳。

「啊喲！」她只發了這樣的一個感嘆詞後拚命的攢向他的懷裡來。

他繼續著在她背上捶了兩三拳，他的拳像捶在橡膠製的人兒身上般的，她不再呼痛了。

「你盡捶吧！捶到你的氣憤平復！」她說了後又泫然地流出淚來。

霞兒給他們驚醒了，狂哭起來。

四十一

四十二

第二天起來，克歐的頭腦像要破碎般的痛得厲害，因為他昨夜整晚上沒有睡。

——我不單是個罪人，也是個狂人了！我也是個沒有靈魂了的人！我的體內的血液早乾涸了，我周身的神經也早枯萎了，無論在精神上，體力上，道德上，社交上我都失了我的存在了！健全的事業是蓄於健全的身體中的。像我這樣半身不遂的人又還有什麼事業可言。大概我在這世界上的生存時期也不久了吧。我不該留在人間再害別人，再害社會！我當早謀自決的方法！

——父母，我該回去見一見！未婚妻也去會一會吧！她看見只剩下一副殘骸的我，一定大失所望吧。好的，還是希望她對我失望的好，免得日後害她傷心。

——苔莉近來也受著病魔的壓迫，很痛苦的樣子。我就把我的計劃告訴她吧。她一定贊成的。我們前途再沒有幸福可言了。就連那一種可恥的娛樂也達了最後期了，我們所感得的唯有病苦和疲倦——可咒詛的病苦和疲倦！

四十二

——她對霞兒尚有點留戀吧。她還比我強些，她萬一不聽從我的主張時又怎麼樣呢？不，她一定跟著我來的。但我的計劃要早點告知她。讓她多和國淳見面，思念到霞兒的將來，恐怕她要在他的面前屈服也說不定。還是早一點要求她一同取自決的方法吧。

克歐一個人坐在自己的小房裡胡亂的思索了一會，覺得腦部愈痛得利害。房子像在不住地震動。身體也比平時加倍的疲倦。

——我的健康沒有恢復的希望了！慢說今後的事業，就連一天三頓的飯我都像沒有勇氣吃了。

苔莉循例的沖了一盅牛乳端過來。他待伸出手來接那盅牛乳，還沒有接到手裡，他的手就先顫動起來。牛乳盅拿到手裡後愈顫動得厲害。

「我起來時也是一樣的手顫動得厲害。喝了牛乳後精神安靜了些。不知道為什麼緣故這兩天我的心總是亂得很。」

「苔莉，我們是在健康上已經絕望了的人！」他說了這一句後也細細的把自己的病狀告知她。隨後又把自己的計劃說出來徵求她的同意。

苔莉聽見克歐的最後的計劃，一時答不出話來。她像懷疑克歐是說出來試探她的，又像懷疑克歐已經變成個瘋人了。

「我們不是定要照我們的最後計劃做的。我們先到南洋群島去。假使我們的健康有恢復的希望，我們就在海外另創一個世界吧。」克歐看見苔莉遲疑，再加了這一段的說明。

「霞兒可以同去麼？」苔莉問他。

「為霞兒的將來幸福計，還是交回她的爸爸的好。跟了我們來，怕不是她的幸福。」

他們倆討論了一回，苔莉大概答應了。她只商量把霞兒交託國淳的方法了。

克歐坐著說了好些話，他的腰部又痠痛起來了，他再向床裡躺下來。他躺下來後就輕微的咳嗽起來。

——我的痨病大概是成了事實的了。

四十二

四十三

那天下午四點克歐和他的父親回到旅館裡來。父親在旅館裡坐了一刻，約他明天上午一同回家去，他老人家就到一個友人的店裡去歇息了。

克歐會見了未婚妻後愈加傷感。

——自己的幸福完全由自己一手破壞了！像這樣純潔的美人兒，自己是萬無資格消受了的。她的純雅的特徵絕不能由苔莉身上發見出來。苔莉雖然美，但她是一種豔美，趕不上劉小姐的清麗。劉小姐，我是無資格和你結婚的人了，我坐在你面前，只有自慚形穢。我去了後，望你得一個理想的配偶者——一個童貞的，終身誠誠懇懇愛護你的人！我死了之後也這樣的替你禱祝的。

他在那晚上他把自己的書籍，原稿及畢業文憑都取出來付之一炬。他臨燒的時候隻手拿著文憑，隻手指著它罵：

「你這張廢紙害人不淺！因為有你這一類的廢紙犧牲了不少的有為的青年！好

四十三

的青年因為你犧牲了不少的精神，機械的在做死工夫！不好的青年也因為你幹出了不少的卑鄙的事來！我也因為你這張廢紙受了幾年苦，結局還是虛空！我今不要你了！」

他和苔莉把這些東西慢慢地焚燒了後已經近十二點鐘了。那晚上她到他房裡來了，他們已陷於自暴自棄的狀態了。他像循著週期律般的到了每晚上十二點鐘就有一度興奮，有了癆病的症候以後更難節制的興奮。到了第二天早上克歐周身微微地發熱。他吐出來的痰裡面混有許多麻粒大的血點和血絲。他這時候對這幾口血痰唯有微笑。

到了八點多鐘，他的父親很高興的來了。他一到來就說轎子雇好了，要克歐收拾行李即刻動身。

克歐不忍叫父親失望，他勉強的支撐著病體起來。

「我的行李早撿好了。這麼多行李，轎子裡面放不下吧。」

「不，行李叫個挑夫來挑。我押行李回去。」

「單為我雇了一頂轎子嗎？」

「怕你走路不慣，叫了轎子來。我差不多天天走路的。今天特別的乘轎回去。村裡的人們要笑話。」

——以患病為口實乘轎子回去也未嘗不可。但是父母並不知道我有病。他以為我大學畢業回來該乘轎子回去，很可以光寵光寵村裡的破壞了的家園，可以光寵虛榮心很強，但是又貧又老的雙親。克歐的眼淚差不多要流出來，因為老父在面前，他竭力的忍住了！

——可憐的父母！你們那裡曉得你們的獨生的兒子這麼樣的墮落，這麼樣的不孝！在外面念了五六年書，把父親累得一天天的喘氣不過來。最近在T市時得他的來信說，聽見我畢了業了，他也安心了，望我早日回來替他支撐門戶。他又說，這幾年來實在太苦了，因為我的學費真叫他沒有一天好吃和好睡。他又說，我畢業後不論能馬上得職或不得職，總之先回來家裡看看。看看老年的父母，暮氣很深的父母。他又說，能夠和名門的劉小姐結婚就算是讀書六年來的效果，可以安慰老年雙親的效果。他又說，家裡還有幾畝可以耕種的田，幾棟可以蔽風雨的房屋，今後可以不再籌我的學費而我畢業後又能得相當的職業；那麼這幾畝田，幾棟房子總可

四十三

以望保存吧。

——可憐的父親！絕無野心的父親！安分知足的父親！你為什麼會生出這樣不肖的兒子來！？但是現在我畢業了，有什麼東西可以拿出來報答父母呢？此次回家的轎費都還要由父親負擔！父母所希望的報酬只有這些吧，村人送給他們的諛詞，送給他們的高帽子吧。

「××伯，你的兒子在大學畢了業回來了嗎？」

「××伯，你的福氣真厚，才生得出這樣精緻，這樣有本事的兒子來！」

——父母因為喜歡聽這些諛詞，終於做了不肖的兒子的牛馬！

四十四

克歐回到家裡住了四五天了，每天莫不思念苔莉，他很擔心在這幾天內她要陷於國淳的多方的誘惑。

——不至於吧！她已經這樣堅決地答應我了！不過天下事很多出人意料之外的，還是快點回城裡去好些。

克歐在家裡住了五天，託名到城找醫生診病，又跑出R客棧來了。他到客棧來時，國淳早在苔莉的房裡了。國淳看見克歐，忙走來要他到廳門首去說幾句話。

「克歐，你到這裡來。我自有要緊的話和你說。」

克歐看見國淳的沒有半點笑容的嚴冷的臉孔，他知道在這幾天中有了什麼變故了。病後的他的心臟更跳躍得厲害，他不能不紅著臉跟了他來。

「我是不十分相信這件事的，不過他們都這樣說。我問苔莉，她只不做聲，纏問了她許久，她只說一任我的推測。總之她回我家裡去與否的關鍵像又操在你的掌

四十四

中了。劉老先生也聽了點風聲，很替你擔心。你不久就要和一個閨女結婚的人，你還是堅決地叫她回我那邊去的好。」

國淳說了後拿出一封信來給克歐看。克歐一看就認得是小胡寫的。因為他從前在苔莉那邊看過小胡的筆跡。克歐略把那封信看一過，信裡的大意是報告他和她的祕密關係給國淳，並且列舉了許多證據。克歐把小胡的信交回國淳後，國淳再取出一封信來給他看，第二封信是劉宗金寫的了，也是把由T市N街採訪出來的材料——克歐和苔莉的祕密材料——報告國淳。

克歐此時才知道國淳娶苔莉時，她已經不是個處女了。她的最初的情人另有一個青年。後來因為那個青年對她用情太不專了，她也就同他絕了交，各走各人的路。

國淳把苔莉從前的祕密告訴克歐的動機是想叫克歐莫再留戀她，莫留戀這麼一個不值錢的女人。但克歐想，已經遲了，不，就在克歐和她未接近以前說出來也難挽回他們的這種運命吧。

克歐臉紅紅地聽國淳說了一大篇後想不出什麼話來回答國淳，他只低著頭。他像有了相當的覺悟了。

國淳去後，克歐走進苔莉房裡來看她。

「他們把罪惡完全歸到我們身上來了喲。他們說完全是我蠱惑你的。」

「還管他們的批評嗎？我們早點走吧！明天就去吧！」

苔莉望著睡在床上的霞兒垂淚。

第二天早上霞兒醒來時找不著母親就痛哭起來。R客棧的人忙跑到國淳家裡去報信。

國淳在霞兒的枕畔發見了一封信，信裡面是這麼寫的！

——我這封信是流著淚寫的。我之流淚並不是因為別你而悲傷，我是為霞兒哭的。我原以撫育霞兒自任，你即置我母子於不顧，我亦誓願撫育霞兒使之長成。不過現在的我早缺了人生的氣力了，恐無視霞兒長成的希望了。念及日後以病身貽累霞兒，則不如及早自決之為癒。我不願以不幸的母親之暗影遺留霞兒的腦中。不單霞兒，我希望凡與我相識者日後都能忘記我的存在。

——國淳，我固負君，但君先負我。我兩人間既無愛情之足言，則亦無所謂誰負

四十四

誰了。但霞兒是你的女兒，你有替我撫育她的責任。凡虐待我的霞兒者，神必殛之！

——嚴格的說來，我實未嘗負人，實我所遇非人耳。男性的專愛在女性是比性命還要重要的。一次再次求男性的專愛失敗了的我，到後來得識克歐了。他雖然不是我的理想中的男性，但我終指導了他沿著我的理想的軌道上走了。並且我是再次受了男性的蹂躪，而他是個純潔的童貞，他為我的犧牲不可謂不大了。他為我犧牲了青春時代，犧牲了有為的將來，犧牲了他的未婚妻，犧牲了他的性命，跟著也犧牲了他的父母！那麼，在這樣高貴的代價之下，我也該為他死了！社會對我們若還要加以殘酷的惡評，那我們雖死也要咒詛社會的。

——由積極的方面說起來，為國，為家，為社會的方面說起來，克歐是要受「無能和不肖」的批評吧。不過就他的犧牲的精神方面說，他已經是很偉大了！由你們對女性不負責任的人看來恐怕是望塵不及的偉大吧！

——最後再叮囑你一句，望你善視霞兒！

過了一星期，K埠新報載六月三日由K埠開往南洋各埠的P輪船才出港口，搭客中有一對青年男女向海投身，大概是自殺，不是失足掉落去的。

電子書購買

國家圖書館出版品預行編目資料

苔莉：含蓄而大膽的不倫戀，掙扎於愛慾與虛榮間 / 張資平 著 . -- 第一版 . -- 臺北市：崧燁文化事業有限公司 , 2023.09
面； 公分
POD 版
ISBN 978-626-357-537-0(平裝)
857.7 112011342

苔莉：含蓄而大膽的不倫戀，掙扎於愛慾與虛榮間

臉書

作　　者：張資平
發 行 人：黃振庭
出 版 者：崧燁文化事業有限公司
發 行 者：崧燁文化事業有限公司
E-mail：sonbookservice@gmail.com
粉 絲 頁：https://www.facebook.com/sonbookss/
網　　址：https://sonbook.net/
地　　址：台北市中正區重慶南路一段六十一號八樓 815 室
Rm. 815, 8F., No.61, Sec. 1, Chongqing S. Rd., Zhongzheng Dist., Taipei City 100, Taiwan
電　　話：(02) 2370-3310　　傳　　真：(02) 2388-1990
印　　刷：京峯數位服務有限公司
律師顧問：廣華律師事務所 張珮琦律師

定　　價：299 元
發行日期：2023 年 09 月第一版
◎本書以 POD 印製